Perverssi Sisaret

Perverssi Sisaret

Aldivan Torres

aldivan teixeira torres

CONTENTS

1 Kiertue Pesqueira kaupungissa 1

1

Kiertue Pesqueira kaupungissa

Perverssi Sisaret
Aldivan Torres
Perverssit Sisaret

Kirjoittaja: *Aldivan Torres*
2020- Aldivan Torres
Kaikki oikeudet pidätetään

Tämä kirja, mukaan lukien kaikki sen osat, on tekijänoikeuksien alainen, eikä sitä saa jäljentää ilman tekijän lupaa, myydä edelleen tai siirtää.

Aldivan Torres, Näkijä, on kirjallinen taiteilija. Lupaa

kirjoituksillaan ilahduttaa yleisöä ja johtaa hänet nautinnon iloihin. Seksi on yksi parhaista asioista.

Omistautuminen ja kiitos

Omistan tämän eroottisen sarjan kaikille kaltaisilleni seksin ystäville ja perversseille. Toivon täyttäväni kaikkien hullujen mielien odotukset. Aloitan tämän työn täällä vakuuttuneena siitä, että Amelinha, Belinha ja heidän ystävänsä tekevät historiaa. Pidemmittä puheitta, lämmin halaus lukijoilleni. Taitava lukeminen ja hauskaa.

Kiintymyksellä, kirjoittaja.

Esitys

Amelinha ja Belinha ovat kaksi sisarta, jotka ovat syntyneet ja kasvaneet Pernambuco sisätiloissa. Maatalousisien tyttäret tiesivät jo varhain, kuinka kohdata maalaiselämän kovat vaikeudet hymy kasvoillaan. Tämän avulla he saavuttivat henkilökohtaiset valloituksensa. Ensimmäinen on julkisen talouden tarkastaja ja toinen, vähemmän älykäs, on Arcoverde kunnallinen perusopetuksen opettaja.

Vaikka he ovat onnellisia ammatillisesti, heillä on vakava krooninen ongelma suhteiden suhteen, koska he eivät koskaan pitäneet prinssiään viehättävänä, mikä on jokaisen naisen unelma. Vanhin, Belinha, tuli asumaan miehen kanssa jonkin aikaa. Se kuitenkin petti sen, mikä synnytti sen pienessä sydämessä korjaamattomia traumoja. Hänet pakotettiin

PERVERSSI SISARET

eroamaan ja lupasi itselleen, ettei koskaan enää kärsisi miehen takia. Amelinha, valitettava asia, hän ei voi edes saada meitä kihloihin. Kuka haluaa mennä naimisiin Amelinhan kanssa? Hän on röyhkeä ruskeatukkainen henkilö, laiha, keskipitkä, hunajanväriset silmät, keskikokoinen peppu, rinnat kuin vesimeloni, rintakehä, joka on määritelty kiehtovan hymyn ulkopuolella. Kukaan ei tiedä, mikä hänen todellinen ongelmansa on, tai molempia.

Mitä tulee heidän ihmissuhteeseensa, he ovat lähellä salaisuuksien jakamista keskenään. Koska roisto petti Belinha, Amelinha otti sisarensa vaivat ja lähti leikkimään miesten kanssa. Heistä tuli dynaaminen duo, joka tunnetaan nimellä "Perverssi sisaret". Siitä huolimatta miehet rakastavat olla heidän lelujaan. Tämä johtuu siitä, että ei ole mitään parempaa kuin rakastaa Belinha ja Amelinha edes hetken. Tutustummeko heidän tarinoihinsa yhdessä?

Omistautuminen ja kiitos
Esitys
Musta mies
Tulipalo
Lääketieteellinen kuuleminen
Yksityistunti
Kilpailun testi
Opettajan paluu
Maaninen pelle
Kiertue Pesqueira kaupungissa

ALDIVAN TORRES

Musta mies

Amelinha ja Belinha sekä suuret ammattilaiset ja rakastajat ovat kauniita ja rikkaita naisia, jotka on integroitu sosiaalisiin verkostoihin. Itse sukupuolen lisäksi he pyrkivät myös saamaan ystäviä.

Kerran mies tuli virtuaaliseen keskusteluun. Hänen lempinimensä oli "musta mies". Tällä hetkellä hän vapisi pian, koska hän rakasti mustia miehiä. Legendan mukaan heillä on kiistaton viehätys.

"Hei, kaunis! "Kutsuit siunattua mustaa miestä.

"Hei, okei? "Vastasi kiehtova Belinha.

"Kaikki hienoa. Hyvää yötä!

"Hyvää yötä. Rakastan mustia ihmisiä!

"Tämä on koskettanut minua nyt syvästi! Mutta onko tähän erityistä syytä? Mikä sinun nimesi on?

"No, syy on siskoni ja minä pidämme miehistä, jos tiedät mitä tarkoitan. Mitä nimeen tulee, vaikka tämä on hyvin yksityinen ympäristö, minulla ei ole mitään salattavaa. Nimeni on Belinha. Mukava tavata sinut.

"Ilo on kokonaan minun. Nimeni on Flavius, ja olen todella mukava!

"Tunsin lujuutta hänen sanoissaan. Tarkoitatko, että intuitioni on oikeassa?

"En voi vastata siihen nyt, koska se lopettaisi koko mysteerin. Mikä on siskosi nimi?

"Hänen nimensä on Amelinha.

"Amelinha! Kaunis nimi! Voitko kuvailla itseäsi fyysisesti?

"Olen blondi, pitkä, vahva, pitkät hiukset, iso peppu,

keskipitkät rinnat ja minulla on veistoksellinen vartalo. Ja sinä?

"Musta väri, metrin ja kahdeksankymmentä senttimetriä korkea, vahva, täplikäs, kädet ja jalat paksut, siistit, laulavat hiukset ja määritellyt kasvot.

"Kytket minut päälle!

"Älä huoli siitä. Kuka tuntee minut, ei koskaan unohda?

"Haluatko tehdä minut hulluksi nyt?

"Anteeksi siitä, kulta! Se on vain lisätä hieman viehätystä keskusteluumme.

"Kuinka vanha olet?

"Kaksikymmentäviisi vuotta ja sinun?

"Olen kolmekymmentäkahdeksanvuotias ja sisareni kolmekymmentäneljä. Ikäerosta huolimatta olemme huomattavan lähellä. Lapsuudessa yhdistyimme voittaaksemme vaikeudet. Kun olimme teini-ikäisiä, jaoimme unelmamme. Ja nyt, aikuisuudessa, jaamme saavutuksemme ja turhautumisemme. En voi elää ilman häntä.

"Hienoa! Tämä tunteesi on uskomattoman kaunis. Minulla on halu tavata teidät molemmat. Onko hän yhtä tuhma kuin sinä?

"Tehokkaalla tavalla hän on paras siinä, mitä tekee. Erittäin älykäs, kaunis ja kohtelias. Minun etuni on, että olen älykkäämpi.

"Mutta en näe tässä ongelmaa. Pidän molemmista.

"Pidätkö siitä todella? Amelinha on erityinen nainen. Ei siksi, että hän on siskoni, vaan koska hänellä on jättimäinen sydän. Olen hieman pahoillani hänen puolestaan, koska hän ei koskaan saanut sulhasta. Tiedän, että hänen unelmansa on mennä naimisiin. Hän liittyi kanssani kansannousuun, koska toverini petti minut. Siitä lähtien olemme etsineet vain nopeita suhteita.

"Ymmärrän täysin. Olen myös perverssi. Minulla ei kuitenkaan ole mitään erityistä syytä. Haluan vain nauttia nuoruudestani. Vaikutatte mahtavilta ihmisiltä.

"Kiitos paljon. Oletko todella Arcoverde?

"Joo, olen keskustasta. Ja sinä?

"Pyhä Christopher naapurustosta.

"Hienoa. Asutko yksin?

"Kyllä. Lähellä linja-autoasemaa.

"Voitko saada miehen vierailulle tänään?

"Haluaisimme mielellämme. Mutta sinun on hallittava molemmat. Okei?

"Älä huoli, rakkaus. Pystyn jopa kolmeen.

"Ah, kyllä! Tosi!

"Olen siellä. Voitko selittää sijainnin?

"Kyllä. Se on minun iloni.

"Tiedän, missä se on. Minä tulen sinne!

Musta mies lähti huoneesta ja Belinha myös. Hän käytti sitä hyväkseen ja muutti keittiöön, jossa hän tapasi sisarensa. Amelinha pesi likaisia astioita päivälliseksi.

"Hyvää yötä sinulle, Amelinha. Et usko. Arvaa kuka on tulossa.

"Minulla ei ole aavistustakaan, sisko. Kuka?

"Flavius. Tapasin hänet virtuaalisessa chat-huoneessa. Hän on viihdykkeemme tänään.

"Miltä hän näyttää?

"Se on musta mies. Oletko koskaan pysähtynyt ja ajatellut,

PERVERSSI SISARET

että se voisi olla mukavaa? Köyhä mies ei tiedä, mihin me pystymme!

"Se on todella sisko! Lopettakaamme hänet.

"Hän kaatuu minun kanssani! "Belinha sanoi.

"Ei! Se tulee olemaan minun kanssani", vastasi Amelinha.

"Yksi asia on varma: yhden meistä kanssa hän kaatuu", Belinha päätti.

"Se on totta! Entä jos saamme kaiken valmiiksi makuuhuoneessa?

"Hyvä idea. Autan sinua!

Kaksi kyltymätöntä nukkea meni huoneeseen jättäen kaiken järjestetyksi miehen saapumista varten. Heti kun he lopettavat, he kuulevat kellon soivan.

"Onko se hän, sisko? "kysyi Amelinha.

"Katsotaanpa se yhdessä! (Belinha)

"Älä viitsi! Amelinha suostui.

Askel askeleelta nämä kaksi naista ohittivat makuuhuoneen oven, ohittivat ruokasalin ja saapuivat sitten olohuoneeseen. He kävelivät ovelle. Kun he avaavat sen, he kohtaavat Flavius ken viehättävän ja miehekkään hymyn.

"Hyvää yötä! Kaikki hyvin? Minä olen Flavius.

"Hyvää yötä. Olette erittäin tervetulleita. Olen Belinha, joka puhui kanssasi tietokoneella, ja tämä suloinen tyttö vieressäni on sisareni.

"Kiva tavata, Flavius! "Amelinha sanoi.

"Mukava tavata. Voinko tulla sisään?

"Toki! "Kaksi naista vastasi samaan aikaan.

Ori pääsi huoneeseen tarkkailemalla sisustuksen jokaista yksityiskohtaa. Mitä tuossa kiehuvassa mielessä liikkui? Jokainen

näistä naarasnäytteistä kosketti häntä erityisesti. Hetken kuluttua hän katsoi syvälle kahden huoran silmiin sanoen:
"Oletko valmis siihen, mitä olen tullut tekemään?
"Valmis", vahvistivat rakastajat!
Kolmikko pysähtyi lujasti ja käveli pitkän matkan talon suurempaan huoneeseen. Sulkemalla oven he olivat varmoja, että taivas menisi helvettiin muutamassa sekunnissa. Kaikki oli täydellistä: pyyhkeiden järjestely, seksilelut, kattotelevisiossa soiva pornoelokuva ja romanttinen musiikki eloisa. Mikään ei voinut viedä suuren illan iloa.

Ensimmäinen askel on istua sängyn vieressä. Musta mies alkoi riisua kahden naisen vaatteita. Heidän himonsa ja janonsa seksiä kohtaan oli niin suuri, että he aiheuttivat hieman ahdistusta noissa suloisissa naisissa. Hän riisui paitansa, jossa näkyi rintakehä ja vatsa, jotka olivat hyvin treenattuja päivittäisessä harjoituksessa kuntosalilla. Keskikokoiset karvasi ympäri tätä aluetta ovat saaneet tytöt huokaisemaan. Jälkeenpäin hän riisui housunsa antaen näkymän Box-alusvaatteisiinsa, mikä osoitti hänen volyyminsa ja maskuliinisuutensa. Tällä hetkellä hän antoi heidän koskettaa elintä, mikä teki siitä pystymmän. Ilman salaisuuksia hän heitti alusvaatteensa pois näyttäen kaiken, mitä Jumala antoi hänelle.

Hän oli kaksikymmentäkaksi senttimetriä pitkä, neljätoista senttimetriä halkaisijaltaan tarpeeksi ajamaan heidät hulluksi. Tuhlaamatta aikaa, he putosivat hänen päälleen. He aloittivat esileikillä. Kun toinen nielaisi kyrpänsä suuhunsa, toinen nuoli kivespussipusseja. Tässä operaatiossa se on kestänyt kolme minuuttia. Tarpeeksi kauan ollakseen täysin valmis seksiin.

Sitten hän alkoi tunkeutua yhteen ja sitten toiseen ilman etusijaa. Sukkulan tiheä tahti aiheutti voihkaisuja, huutoja ja useita orgasmeja teon jälkeen. Se oli kolmekymmentä minuuttia emätinseksiä. Jokainen puolet ajasta. Sitten he päättivät suu- ja anaaliseksiin.

Tulipalo

Se oli kylmä, pimeä ja sateinen yö kaikkien Pernambuco takametsien pääkaupungissa. Oli hetkiä, jolloin etutuulet saavuttivat sata kilometriä tunnissa peläten köyhiä sisaria Amelinha ja Belinha. Kaksi perverssiä sisarta tapasivat yksinkertaisen asuntonsa olohuoneessa Pyhä Christopher naapurustossa. Koska heillä ei ollut mitään tekemistä, he puhuivat iloisesti yleisistä asioista.

"Amelinha, millainen oli päiväsi maatilan toimistossa?

"Sama vanha juttu: organisoin vero- ja tullihallinnon verosuunnittelun, johdin verojen maksamista, työskentelin veronkierron estämisessä ja torjunnassa. Se on vaativaa työtä ja tylsää. Mutta palkitseva ja hyvin maksettu. Ja sinä? Millainen rutiinisi oli koulussa? "kysyi Amelinha.

"Luokassa läpäisin oppilaitaan ohjaavan sisällön parhaalla mahdollisella tavalla. Korjasin virheet ja otin kaksi matkapuhelinta oppilailta, jotka häiritsivät luokkaa. Pidin myös kursseja käyttäytymisestä, asennosta, dynamiikasta ja hyödyllisiä neuvoja. Joka tapauksessa, sen lisäksi, että olen opettaja, olen heidän äitinsä. Todisteena tästä on se, että väliajalla soluttauduin oppilaiden luokkaan ja pelasimme heidän kanssaan, hula-vannetta, osumaa ja juoksua. Mielestäni koulu on toinen kotimme, ja meidän on pidettävä huolta ystävyyssuhteista ja ihmissuhteista, joita meillä on siitä", Belinha vastasi.

"Loistavaa, pikkusiskoni. Teoksemme ovat hienoja, koska ne tarjoavat tärkeitä emotionaalisia ja vuorovaikutusrakenteita ihmisten välillä. Kukaan ihminen ei voi elää eristyksissä, puhumattakaan ilman psykologisia ja taloudellisia resursseja", Amelinha analysoi.

"Olen samaa mieltä. Työ on meille välttämätöntä, koska se tekee meistä riippumattomia yhteiskunnassamme vallitsevasta seksistisestä imperiumista ", Belinha sanoi.

"Aivan. Jatkamme arvoissamme ja asenteissamme. Ihminen on hyvä vain sängyssä", Amelinha huomautti.

"Ihmisistä puheen ollen, mitä ajattelit kristitystä? "Belinha kysyi.

"Hän täytti odotukseni. Tällaisen kokemuksen jälkeen vaistoni ja mieleni pyytävät aina lisää sisäistä tyytymättömyyttä. Mikä on mielipiteesi? "kysyi Amelinha.

"Se oli hyvä, mutta minusta tuntuu myös sinulta: keskeneräinen. Olen kuiva rakkaudesta ja seksistä. Haluan yhä enemmän. Mitä meillä on tänään? "Belinha sanoi.

"Minulla ei ole ideoita. Yö on kylmä, pimeä ja pimeä. Kuuletko melun ulkona? On paljon sadetta, voimakkaita tuulia, salamointia ja ukkosta. Olen peloissani! "Sanoi Amelinha.

"Minä myös! "Belinha tunnusti.

Tällä hetkellä koko Arcoverde kuuluu ukkosen ukkosta. Amelinha hyppää Belinha syliin, joka huutaa tuskasta ja epätoivosta. Samaan aikaan sähköstä puuttuu, mikä tekee heistä molemmista epätoivoisia.

"Mitä nyt? Mitä teemme Belinha? "kysyi Amelinha.

PERVERSSI SISARET

"Mene pois minusta, narttu! Minä saan kynttilät! "Belinha sanoi Belinha. Belinha työnsi sisarensa varovasti sohvan reunalle, kun hän haparoi seiniä päästäkseen keittiöön. Koska talo on pieni, tämän toimenpiteen suorittaminen ei vie kauan. Tahdikkuutta käyttäen hän ottaa kynttilät kaappiin ja sytyttää ne tulitikuilla, jotka on sijoitettu strategisesti lieden päälle.

Kynttilän sytyttämisen myötä hän palaa rauhallisesti huoneeseen, jossa hän tapaa sisarensa salaperäinen hymy auki kasvoillaan. Mitä hän puuhasi?

"Voit tuulettaa, sisko! Tiedän, että ajattelet jotain", Belinha sanoi.

"Mitä jos soittaisimme kaupungin palolaitokselle varoittamaan tulipalosta? sanoi Amelinha.

"Haluan tehdä tämän selväksi. Haluatko keksiä kuvitteellisen tulen houkutellaksesi näitä miehiä? Entä jos meidät pidätetään? "Belinha pelkäsi.

"Kollegani! Olen varma, että he rakastavat yllätystä. Mitä parempaa heillä on tehdä tällaisena pimeänä ja tylsänä yönä? "Sanoi Amelinha.

"Olet oikeassa. He kiittävät sinua hauskanpidosta. Me murramme tulen, joka kuluttaa meitä sisältäpäin. Nyt herää kysymys: Kenellä on rohkeutta soittaa heille? "kysyi Belinha.

"Olen hyvin ujo.»Minä jätän tämän tehtävän sinulle, sisareni», sanoi Amelinha.

"Aina minä. Okei. Mitä tahansa tapahtuukin, Amelinha. " Belinha totesi.

Noustessaan sohvalta Belinha menee pöydälle nurkassa, johon matkapuhelin on asennettu. Hän soittaa palokunnan hätänumeroon ja odottaa vastausta. Muutaman kosketuksen jälkeen hän kuulee syvän, lujan äänen puhuvan toiselta puolelta.

"Hyvää yötä. Tämä on palokunta. Mitä haluat?

"Nimeni on Belinha. Asun Pyhä Christopher naapurustossa täällä Arcoverde. Siskoni ja minä olemme epätoivoisia kaiken tämän sateen kanssa. Kun sähköt katkesivat täällä talossamme, aiheutti oikosulun, joka alkoi sytyttää esineitä tuleen. Onneksi siskoni ja minä lähdimme ulos. Tuli kuluttaa hitaasti taloa. Tarvitsemme palomiesten apua", tyttö sanoi hätääntyneenä.

"Ota rauhallisesti, ystäväni. Olemme siellä pian. Voitko antaa yksityiskohtaisia tietoja sijainnistasi? "Kysyi päivystävä palomies.

"Taloni on täsmälleen Central Avenuella, kolmas talo oikealla. Sopiiko se sinulle?

"Tiedän, missä se on. Olemme perillä muutaman minuutin kuluttua. Ole rauhallinen", palomies sanoi.

"Odotamme. Kiitos! "Kiitos Belinha.

Palattuaan sohvalle leveällä virneellä he kaksi päästivät tyynynsä ja tuhahtivat tekemästään hauskasta. Tätä ei kuitenkaan suositella tekemään, elleivät he olleet kaksi heidän kaltaistaan huoraa.

Noin kymmenen minuuttia myöhemmin he kuulivat oveen koputuksen ja menivät vastaamaan siihen. Kun he avasivat oven, he kohtasivat kolme maagista kasvoa, joista jokaisella oli ominainen kauneutensa. Yksi oli musta, kuusi jalkaa pitkä, jalat ja käsivarret keskipitkät. Toinen oli tumma, metrin ja yhdeksänkymmentä pitkä, lihaksikas ja veistoksellinen.

PERVERSSI SISARET

Kolmas oli valkoinen, lyhyt, ohut, mutta hyvin ihastunut. Valkoinen poika haluaa esitellä itsensä:

"Hei, naiset, hyvää yötä! Nimeni on Roberto. Tätä naapurin miestä kutsutaan Matteukseksi ja ruskeaa miestä Filippo. Mitkä ovat nimesi ja missä tuli on?

"Olen Belinha, puhuin kanssasi puhelimessa. Tämä ruskeatukkainen henkilö täällä on sisareni Amelinha. Tulkaa sisään, niin selitän sen teille.

"Okei. He ottivat kolme palomiestä samanaikaisesti.

Kvintetti tuli taloon, ja kaikki näytti normaalilta, koska sähköt olivat palanneet. He asettuvat olohuoneen sohvalle tyttöjen kanssa. Epäilyttävät, he keskustelevat.

"Tulipalo on ohi, vai mitä? "Matthew kysyi.

"Kyllä. Hallitsemme sitä jo sankarillisen ponnistuksen ansiosta", Amelinha selitti.

"Sääli! Olen halunnut tehdä töitä. Siellä kasarmilla rutiini on niin yksitoikkoinen ", Felipe sanoi.

"Minulla on idea. Entä työskentely miellyttävämmällä tavalla? "Belinha ehdotti.

"Tarkoitatko, että olet mitä ajattelen? "kysyi Felipe.

"Kyllä. Olemme sinkkunaisia, jotka rakastavat nautintoa. Haluatko pitää hauskaa? "kysyi Belinha.

"Vain jos menet nyt", vastasi musta mies.

"Minäkin olen mukana", vahvisti ruskea mies.

"Odota minua" Valkoinen poika on käytettävissä.

"Niin", sanoivat tytöt.

Kvintetti tuli huoneeseen jakaen parisängyn. Sitten alkoi seksiorgia. Belinha ja Amelinha osallistuivat vuorotellen kolmen palomiehen iloksi. Kaikki tuntui taianomaiselta, eikä ollut parempaa tunnetta kuin olla heidän kanssaan. Erilaisilla lahjoilla he kokivat seksuaalisia ja asentovaihteluita luoden täydellisen kuvan.

Tytöt näyttivät kyltymättömiltä seksuaalisessa kiihkossaan, mikä ajoi nuo ammattilaiset hulluksi. He kulkivat läpi yön harrastaen seksiä, ja nautinto ei tuntunut koskaan loppuvan. He eivät lähteneet ennen kuin saivat kiireellisen puhelun töistä. He lopettivat ja menivät vastaamaan poliisiraporttiin. Siitä huolimatta he eivät koskaan unohtaisi tuota upeaa kokemusta "Perverssien sisarten" rinnalla.

Lääketieteellinen kuuleminen

Se valkeni kauniissa takamaiden pääkaupungissa. Yleensä kaksi perverssiä sisarta heräsivät aikaisin. Kuitenkin, kun he nousivat, he eivät tunteneet hyvin. Kun Amelinha jatkoi aivastelua, hänen sisarensa Belinha tunsi olonsa hieman tukehtuneeksi. Nämä tosiasiat tulivat edellisestä yöstä Virginia sota Squarella, jossa he joivat, suutelivat suulle ja tuhahtivat harmonisesti rauhallisessa yössä.

Koska he eivät voineet hyvin ja ilman voimaa mihinkään, he istuivat sohvalla uskonnollisesti miettien, mitä tehdä, koska ammatilliset sitoumukset odottivat ratkaisua.

"Mitä me teemme, sisko? Olen täysin hengästynyt ja uupunut", Belinha sanoi.

"Kerro minulle siitä! Minulla on päänsärky ja alan saada virusta. Olemme hukassa! "Sanoi Amelinha.

"Mutta en usko, että se on syy olla poissa töistä! Ihmiset ovat riippuvaisia meistä! "Sanoi Belinha

"Rauhoitu, älkäämme panikoiko! Entä jos liittyisimme Nizzaan? "Ehdotti Amelinha.

"Älä kerro minulle, että ajattelet mitä ajattelen ... "Belinha oli hämmästynyt.

"Se on oikein. Menkäämme lääkäriin yhdessä! Se on suuri syy jäädä töistä, ja kuka tietää, ei tapahdu mitä haluamme! "Sanoi Amelinha

"Hyvä idea! Joten mitä me odotamme? Valmistautukaamme! "kysyi Belinha.

"Älä viitsi! "Amelinha suostui.

Kaksikko meni omiin aitauksiinsa. He olivat niin innoissaan päätöksestä; He eivät edes näyttäneet sairailta. Oliko kaikki vain heidän keksintönsä? Anteeksi, lukija, älkäämme ajatelko pahaa rakkaista ystävistämme. Sen sijaan seuraamme heitä tässä jännittävässä uudessa luvussa heidän elämässään.

Makuuhuoneessa he kylpivät sviiteissään, pukivat uudet vaatteet ja kengät, kampasivat pitkät hiuksensa, laittoivat ranskalaisen hajuveden ja menivät sitten keittiöön. Siellä he murskasivat munia ja juustoa täyttäen kaksi leipää ja söivät jäähdytetyn mehun kanssa. Kaikki oli uskomattoman herkullista. Siitä huolimatta he eivät näyttäneet tuntevan sitä, koska ahdistus ja hermostuneisuus lääkärin vastaanoton edessä olivat jättimäisiä.

Kun kaikki oli valmis, he lähtivät keittiöstä poistuakseen talosta. Jokaisella askeleella, jonka he ottivat, heidän pienet sydämensä sykkivät tunteellisesta ajattelusta täysin uudessa kokemuksessa. Siunattuja olkoot he kaikki! Optimismi valtasi heidät ja oli jotain, jota muiden oli seurattava!

Talon ulkopuolella he menevät autotalliin. Avatessaan

oven kahdella yrityksellä he seisovat vaatimattoman punaisen auton edessä. Huolimatta hyvästä automaustaan, he pitivät suositumpia kuin klassikoita pelätessään yleistä väkivaltaa kaikilla Brasilian alueilla.

Tytöt astuvat viipymättä autoon poistuen varovasti ja sitten yksi heistä sulkee autotallin palaten autoon heti sen jälkeen. Kuka ajaa on Amelinha, jolla on kokemusta jo kymmenen vuotta? Belinha ei ole vielä saanut ajaa.

Huomattavan lyhyt reitti kodin ja sairaalan välillä tehdään turvallisesti, harmonisesti ja rauhallisesti. Sillä hetkellä heillä oli väärä tunne, että he voisivat tehdä mitä tahansa. Ristiriitaisesti he pelkäsivät hänen ovelaa ja vapauttaan. He itse olivat yllättyneitä toteutetuista toimista. Ei ollut mitään vähempää, että heitä kutsuttiin lutka hyviksi paskiaisiksi!

Saapuessaan sairaalaan he varasivat ajan ja odottivat soittoa. Tällä aikavälillä he hyödynsivät välipalan valmistamista ja vaihtoivat viestejä mobiilisovelluksen kautta rakkaiden seksuaalisten palvelijoidensa kanssa. Kyynisempi ja iloisempi kuin nämä, oli mahdotonta olla!

Jonkin ajan kuluttua on heidän vuoronsa nähdä. Erottamattomat, he tulevat hoitotoimistoon. Kun näin tapahtuu, lääkärillä on melkein sydänkohtaus. Heidän edessään oli harvinainen pala miestä: pitkä vaaleakarvainen henkilö, metrin ja yhdeksänkymmentä senttimetriä pitkä, parrakas, poninhäntää muodostavat hiukset, lihaksikkaat kädet ja rinnat, luonnolliset kasvot enkelin ilmeellä. Jo ennen kuin he ehtivät laatia reaktion, hän kehottaa:

"Istukaa alas, te molemmat!

"Kiitos! "He sanoivat molemmat.

PERVERSSI SISARET

Kaksikolla on aikaa tehdä nopea analyysi ympäristöstä: palvelupöydän, lääkärin, tuolin, jossa hän istui, edessä ja kaapin takana. Oikealla puolella sänky. Seinällä kirjailija Cândido Portinarin ekspressionistisia maalauksia, jotka kuvaavat maaseudun miestä. Ilmapiiri on erittäin kodikas, jättäen tytöt rauhaan. Rentoutumisen ilmapiiri rikkoutuu kuulemisen muodollisella puolella.

"Kerro minulle, mitä tunnet, tytöt!

Se kuulosti tytöistä epäviralliselta. Kuinka suloinen tuo vaalea mies olikaan! Sen on täytynyt olla herkullista syödä.

"Päänsärky, epäselvyys ja virus! "Kertoi Amelinha.

"Olen hengästynyt ja väsynyt! "Väitti Belinha.

"Se on ok! Anna minun katsoa! Makaa sängyllä! "Tohtori kysyi.

Huorat tuskin hengittivät tästä pyynnöstä. Ammattilainen sai heidät riisumaan osan vaatteistaan ja tunnusteli niitä eri osissa, mikä aiheutti vilunväristyksiä ja kylmää hikeä. Ymmärtäessään, että heidän kanssaan ei ollut mitään vakavaa, hoitaja vitsaili:

"Kaikki näyttää täydelliseltä! Mitä haluat heidän pelkäävän? Injektio perseeseen?

"Rakastan sitä! Jos se on suuri ja paksu injektio, vielä parempi! "Belinha sanoi.

"Aiotko soveltaa hitaasti, rakkaus? "Sanoi Amelinha.

"Sinä pyydät jo liikaa! "Totesi kliinikko.

Sulkemalla oven varovasti hän putoaa tyttöihin kuin villieläin. Ensin hän ottaa loput vaatteet pois ruumiista. Tämä terävöittää hänen libidoaan entisestään. Olemalla täysin alasti hän ihailee hetken noita veistoksellisia olentoja. Sitten on hänen vuoronsa näyttää. Hän varmistaa, että he riisuvat vaatteensa. Tämä lisää vuorovaikutusta ja läheisyyttä ryhmän välillä.

Kun kaikki on valmis, he aloittavat seksin valmistelut. Käyttämällä kieltä herkissä osissa, kuten peräaukossa, perseessä ja korvassa, blondi aiheuttaa pieniä nautinto orgasmeja molemmille naisille. Kaikki meni hyvin, vaikka joku koputti oveen. Ei ulospääsyä, hänen on vastattava. Hän kävelee vähän ja avaa oven. Näin tehdessään hän törmää päivystävään sairaanhoitajaan: hoikkaan kaksirotuiseen henkilöön, jolla on ohuet jalat ja poikkeuksellisen matala.

"Lääkäri, minulla on kysymys potilaan lääkityksestä: onko se viisi tai kolmesataa milligrammaa aspiriini?" Pyysi Robertoa näyttämään reseptiä.

"Viisisataa!" Vahvisti Alex.

Tällä hetkellä sairaanhoitaja näki alastomien tyttöjen jalat, jotka yrittivät piiloutua. Nauroi sisällä.

"Vitsailee vähän, vai mitä, Doc? Älä edes soita ystävillesi!

"Anteeksi! Haluatko liittyä jengiin?

"Haluaisin mielelläni!

"Tule sitten!

Kaksikko astui huoneeseen ja sulki oven perässään. Enemmän kuin nopeasti kaksirotuinen henkilö riisui vaatteensa. Alasti hän näytti pitkän, paksun, suonimaisen mastonsa pokaalina. Belinha oli iloinen ja antoi hänelle pian suuseksiä. Alex vaati myös, että Amelinha tekisi saman hänen kanssaan. Suun kautta he aloittivat peräaukon. Tässä osassa Belinha oli erittäin vaikea pitää kiinni sairaanhoitajan hirviökukosta. Mutta kun se tuli reikään, heidän ilonsa oli valtava. Toisaalta he eivät tunteneet mitään vaikeuksia, koska heidän peniksensä oli normaali.

Sitten he harrastivat emätinseksiä eri asennoissa. Edestakaisin liikkuminen ontelossa aiheutti niissä hallusinaatioita. Tämän vaiheen jälkeen neljä yhdistyi ryhmäseksiin. Se oli paras kokemus, jossa jäljellä olevat energiat käytettiin. Viisitoista minuuttia myöhemmin molemmat olivat loppuunmyytyjä. Sisaruksille seksi ei koskaan loppuisi, mutta niin hyvä kuin heitä kunnioitettiinkin, noiden miesten heikkous. Koska he eivät halunneet häiritä heidän työtään, he lopettivat työn perustelutodistuksen ja henkilökohtaisen puhelimensa ottamisen. He lähtivät täysin tyyninä herättämättä kenenkään huomiota sairaalan ylityksen aikana.

Saapuessaan parkkipaikalle he astuivat autoon ja aloittivat paluumatkan. Niin onnellisia kuin he ovatkin, he ajattelivat jo seuraavaa seksuaalista pahuuttaan. Perverssit sisaret olivat todella jotain!

Yksityistunti

Se oli iltapäivä siinä missä mikä tahansa muukin. Uudet tulokkaat töistä, perverssit sisaret olivat kiireisiä kotitöissä. Kun kaikki tehtävät oli suoritettu, he kokoontuivat huoneeseen lepäämään hieman. Kun Amelinha luki kirjaa, Belinha käytti mobiili-internetiä suosikkisivustojensa selaamiseen.

Jossain vaiheessa toinen huutaa ääneen huoneessa, mikä pelottaa sisartaan.

"Mikä se on, tyttö? Oletko hullu? "kysyi Amelinha.

"Kävin juuri kilpailujen verkkosivustolla kiitollisena yllätyksenä", Belinha ilmoitti.

"Kerro lisää!

"Liittovaltion aluetuomioistuimen rekisteröinnit ovat auki. Tehdäänkö niin?

"Hyvä puhelu, siskoni! Mikä on palkka?

"Yli kymmenentuhatta alkudollaria.

"Erittäin hyvä! Työni on parempaa. Teen kuitenkin kilpailun, koska valmistaudun etsimään muita tapahtumia. Se toimii kokeiluna.

"Pärjäät oikein hyvin! Sinä rohkaiset minua. Nyt en tiedä mistä aloittaa. Voitteko antaa minulle vinkkejä?

"Osta muun muassa virtuaalikurssi, kysy paljon kysymyksiä testisivustoilla, tee ja tee uudelleen aiempia testejä, kirjoita yhteenvetoja, katso vinkkejä ja lataa hyviä materiaaleja netistä.

"Kiitos! Otan kaikki nämä neuvot vastaan! Mutta tarvitsen jotain enemmän. Katso, sisar, koska meillä on rahaa, entä jos maksaisimme yksityisoppitunnin?

"En ollut ajatellut sitä. Se on innovatiivinen ajatus! Onko sinulla ehdotuksia pätevästä henkilöstä?

"Minulla on täällä erittäin pätevä opettaja Arcoverde puhelinkontakteissani. Katso hänen kuvaansa!

Belinha antoi siskolleen matkapuhelimensa. Nähdessään pojan kuvan hän oli haltioissaan. Komean lisäksi hän oli älykäs! Se olisi täydellinen uhri parille, joka yhdistää hyödyllisen miellyttävään.

"Mitä me odotamme? Hanki hänet, sisko! Meidän on tutkittava pian. "Amelinha sanoi.

"Sait sen! "Belinha hyväksyi.

Noustessaan sohvalta hän alkoi valita puhelimen numeroita numeronäppäimistöllä. Kun puhelu on soitettu, vastaaminen kestää vain hetken.

"Hei. Te kaikki, eikö?

"Kaikki on hienoa, Renato.

"Lähetä tilaukset.

"Surffailin netissä, kun huomasin, että haku liittovaltion alueoikeuskilpailuun on auki. Nimesin mieleni heti kunnioitettavaksi opettajaksi. Muistatko koulukauden?

"Muistan sen ajan hyvin. Hyviä aikoja niille, jotka eivät tule takaisin!

"Aivan oikein! Onko sinulla aikaa antaa meille yksityistunti?

"Mikä keskustelu, nuori nainen! Sinulle minulla on aina aikaa! Minkä päivämäärän asetamme?

"Voimmeko tehdä sen huomenna klo 2.00? Meidän on aloitettava!

"Totta kai haluan! Avullani sanon nöyrästi, että mahdollisuudet läpäistä kasvavat uskomattomasti.

"Olen varma siitä!

"Kuinka hyvä! Voit odottaa minua klo 2.00.

"Kiitos paljon! Nähdään taas huomenna!

"Nähdään myöhemmin!

Belinha sulki puhelimen ja luonnosteli hymyn kumppanilleen. Epäillen vastausta Amelinha kysyi:

"Miten se meni?

"Hän hyväksyi. Huomenna klo 02:00 hän on täällä.

"Kuinka hyvä! Hermot tappavat minut!

"Ota vain rauhallisesti, sisko! Se tulee olemaan kunnossa.

"Aamen!

"Valmistammeko päivällisen? Minulla on jo nälkä!

"Hyvin muistettu.!

Pari meni olohuoneesta keittiöön, jossa miellyttävässä ympäristössä puhuttiin, leikittiin, laitettiin ruokaa muun muassa. He olivat esimerkillisiä hahmoja sisarista, joita yhdisti tuska ja yksinäisyys. Se, että he olivat seksissä, vain pätevöitti heitä entisestään. Kuten kaikki tiedätte, brasilialaisella naisella on lämmin veri.

Pian sen jälkeen he veljeilivät pöydän ympärillä ja ajattelivat elämää ja sen vaihteluita.

"Syömällä tätä herkullinen kanan kerma, muistan mustan miehen ja palomiehet! Hetket, jotka eivät tunnu koskaan menevän ohi!" Belinha sanoi!

"Kerro minulle siitä! Nuo kaverit ovat herkullisia! Puhumattakaan sairaanhoitajasta ja lääkäristä! Minäkin rakastin sitä!" Muistin Amelinhan!

"Totta, siskoni! Kun sinulla on kaunis masto, jokainen mies tulee miellyttäväksi! Antakoot feministit minulle anteeksi!

"Meidän ei tarvitse olla niin radikaaleja...!

Kaksikko nauraa ja jatkaa pöydällä olevan ruoan syömistä. Hetkeen millään muulla ei ollut väliä. He olivat yksin maailmassa ja se teki heistä kauneuden ja rakkauden jumalattaria. Koska tärkeintä on tuntea olonsa hyväksi ja omata itsetunto.

Luottaen itseensä he jatkavat perheen rituaalia. Tämän vaiheen lopussa he surffaavat internetissä, kuuntelevat musiikkia olohuoneen stereoista, katsovat saippuaoopperoita ja myöhemmin pornoelokuvaa. Tämä kiire jättää heidät

PERVERSSI SISARET

hengästyneiksi ja väsyneiksi pakottaen heidät lepäämään omiin huoneisiinsa. He odottivat innokkaasti seuraavaa päivää.

Ei kestä kauan, ennen kuin he nukahtavat syvään. Painajaisten lisäksi yö ja aamunkoitto tapahtuvat normaalialueella. Heti kun aamunkoitto tulee, he nousevat ylös ja alkavat noudattaa normaalia rutiinia: kylpy, aamiainen, työ, paluu kotiin, kylpy, lounas, torkut ja siirry huoneeseen, jossa he odottavat suunniteltua vierailua.

Kun he kuulevat ovelta koputusta, Belinha nousee ylös ja menee vastaamaan. Näin tehdessään hän kohtaa hymyilevän opettajan. Tämä aiheutti hänelle hyvää sisäistä tyytyväisyyttä.

"Tervetuloa takaisin, ystäväni! Oletko valmis opettamaan meitä?

"Kyllä, hyvin, hyvin valmis! Kiitos vielä kerran tästä mahdollisuudesta! "sanoi Renato.

"Menkäämme sisään! " sanoi Belinha.

Poika ei ajatellut kahdesti ja hyväksyi tytön pyynnön. Hän tervehti Amelinha ja istui hänen signaalistaan sohvalle. Hänen ensimmäinen asenteensa oli riisua musta neulottu pusero, koska se oli liian kuuma. Tämän myötä hän jätti hyvin työstetyn rintalevynsä kuntosalille, hiki tippui ja tummaihoinen valo. Kaikki nämä yksityiskohdat olivat luonnollinen sukuviettiä kiihottava näille kahdelle "perverssille".

Teeskennellen, ettei mitään tapahtunut, heidän kolmen välillä aloitettiin keskustelu.

"Valmistitko hyvän kurssin, professori? "kysyi Amelinha.

"Kyllä! Aloitetaan mistä artikkelista? "kysyi Renato.

"En tiedä..."sanoi Amelinha.

"Entä jos meillä olisi hauskaa ensin? Kun otit paitasi pois, kastuin! "Tunnusti Belinha.

"Minäkin minä", sanoi Amelinha.

"Te kaksi olette todella seksihulluja! Eikö se ole sitä, mitä rakastan? "Sanoi mestari.

Vastausta odottamatta hän riisui siniset farkkunsa, joissa näkyivät reiden lihakset, aurinkolasit, joissa näkyi siniset silmät, ja lopulta alusvaatteet, joissa näkyi pitkän peniksen täydellisyys, keskipaksu ja kolmion muotoinen pää. Riitti, että pienet huorat putosivat päälle ja alkoivat nauttia tuosta miehekkäästä, iloisesta kehosta. Hänen avullaan he riisuivat vaatteensa ja aloittivat seksin valmistelut.

Lyhyesti sanottuna tämä oli ihana seksuaalinen kohtaaminen, jossa he kokivat monia uusia asioita. Se oli neljäkymmentä minuuttia villiä seksiä täydellisessä harmoniassa. Näissä hetkissä tunne oli niin suuri, että he eivät edes huomanneet aikaa ja tilaa. Siksi he olivat äärettömiä Jumalan rakkauden kautta.

Kun he saavuttivat ekstaasin, he lepäsivät hieman sohvalla. Sitten he opiskelivat kilpailun veloittamia tieteenaloja. Opiskelijoina nämä kaksi olivat avuliaita, älykkäitä ja kurinalaisia, minkä opettaja pani merkille. Olen varma, että he olivat matkalla hyväksyntään.

Kolme tuntia myöhemmin he lopettivat uusien opintokokousten lupaamisen. Onnellisina elämässään perverssit sisaret menivät hoitamaan muita velvollisuuksiaan jo ajatellen seuraavia seikkailujaan. Heidät tunnettiin kaupungissa nimellä " Kyltymätön ".

Kilpailun testi

Siitä on aikaa. Noin kahden kuukauden ajan perverssit sisaret omistautuivat kilpailuun käytettävissä olevan ajan mukaan. Joka päivä he olivat valmiimpia kaikkeen, mitä tuli ja meni. Samaan aikaan tapahtui seksuaalisia kohtaamisia, ja näinä hetkinä he vapautuivat.

Testipäivä oli vihdoin saapunut. Lähtiessään varhain sisämaan pääkaupungista kaksi sisarta alkoi kävellä BR 232 -moottoritietä yhteensä 250 km: n reitillä. Matkalla he ohittivat valtion sisätilojen pääkohdat: Pesqueira, Kaunis puutarha, Pyhä Cajetan, Caruaru, Gravatá, Vasikat ja pyhien voitto Antao. Jokaisella näistä kaupungeista oli tarina kerrottavanaan, ja kokemuksestaan he omaksuivat sen kokonaan. Kuinka hyvä oli nähdä vuoret, Atlantin metsä, caatinga, maatilat, maatilat, kylät, pienet kaupungit ja siemailla metsistä tulevaa puhdasta ilmaa. Pernambuco oli ihana valtio!

Pääkaupungin kaupunkialueelle saapuessaan he juhlivat matkan hyvää toteutumista. Ota pääkatu naapuruston hyvälle matkalle, jossa he suorittaisivat testin. Matkalla he kohtaavat ruuhkaista liikennettä, vieraiden välinpitämättömyyttä, saastunutta ilmaa ja ohjauksen puutetta. Mutta lopulta he pääsivät siihen. He tulevat kyseiseen rakennukseen, tunnistavat itsensä ja aloittavat testin, joka kestää kaksi jaksoa. Kokeen ensimmäisessä osassa he keskittyvät täysin monivalintakysymysten haasteeseen. No, tapahtumasta vastaavan pankin kehittämä sai aikaan näiden kahden monipuolisimmat valmistelut. Heidän mielestään heillä meni hyvin. Kun he pitivät tauon, he menivät lounaalle ja mehulle rakennuksen edessä olevaan ravintolaan. Nämä hetket olivat heille tärkeitä luottamuksen, suhteen ja ystävyyden ylläpitämiseksi.

Sen jälkeen he palasivat testipaikkaan. Sitten alkoi tapahtuman toinen jakso muita tieteenaloja koskevilla kysymyksillä. Vaikka he eivät pysyneet samassa tahdissa, he olivat silti hyvin tarkkanäköisiä vastauksissaan. He osoittivat tällä tavalla, että paras tapa läpäistä kilpailut ovat omistaa paljon opintoihin. Jonkin ajan kuluttua he lopettivat luottavaisen osallistumisensa. He luovuttivat todisteet, palasivat autoon ja siirtyivät kohti lähellä sijaitsevaa rantaa.

Matkalla he soittivat, laittoivat äänen päälle, kommentoivat kilpailua ja etenivät Recifen kaduilla katsellen pääkaupungin valaistuja katuja, koska oli yö. He ihmettelevät nähtyä spektaakkelia. Ei ihme, että kaupunki tunnetaan "tropiikin pääkaupunkina". Aurinko laski antaen ympäristölle vielä upeamman ilmeen. Kuinka mukavaa olla siellä sillä hetkellä!

Kun he saavuttivat uuden pisteen, he lähestyivät meren rantoja ja lähtivät sitten sen kylmiin ja rauhallisiin vesiin. Provosoitu tunne on hurmioitunut ilosta, tyytyväisyydestä, tyytyväisyydestä ja rauhasta. Menettäen ajantajunsa, he uivat, kunnes ovat väsyneitä. Sen jälkeen he makaavat rannalla tähtien valossa ilman pelkoa tai huolta. Taikuus tarttui niihin loistavasti. Yksi tässä tapauksessa käytetty sana oli "mittaamaton".

Jossain vaiheessa, kun ranta on melkein autio, lähestyy kaksi tyttöjen miestä. He yrittävät nousta ylös ja juosta vaaran edessä. Mutta poikien vahvat kädet pysäyttävät heidät.

"Ottakaa rauhallisesti, tytöt! Emme aio satuttaa sinua!

PERVERSSI SISARET

Pyydämme vain vähän huomiota ja kiintymystä! "Yksi heistä puhui.

Pehmeän sävyn edessä tytöt nauroivat liikutuksesta. Jos he halusivat seksiä, miksi he eivät tyydyttäisi heitä? He olivat tämän taiteen asiantuntijoita. Vastatessaan heidän odotuksiinsa he nousivat ylös ja auttoivat heitä riisumaan vaatteensa. He toimittivat kaksi kondomia ja tekivät strip-tease. Se riitti ajamaan nuo kaksi miestä hulluksi.

Pudotessaan maahan, he rakastivat toisiaan pareittain ja heidän liikkeensä saivat lattian tärisemään. He sallivat itselleen molempien seksuaaliset vaihtelut ja halut. Tässä toimituspisteessä he eivät välittäneet mistään tai kenestäkään. Heille he olivat yksin maailmankaikkeudessa suuressa rakkauden rituaalissa ilman ennakkoluuloja. Seksissä he olivat täysin kietoutuneet toisiinsa tuottaen voiman, jota ei ole koskaan nähty. Kuten instrumentit, ne olivat osa suurempaa voimaa elämän jatkumisessa.

Vain uupumus pakottaa heidät lopettamaan. Täysin tyytyväisinä miehet lopettivat ja kävelivät pois. Tytöt päättävät palata autolle. He aloittavat matkansa takaisin asuinpaikkaansa. No, he ottivat kokemuksensa mukaansa ja odottivat hyviä uutisia kilpailusta, johon he osallistuivat. He ansaitsivat varmasti maailman parhaan onnen.

Kolme tuntia myöhemmin he palasivat rauhassa kotiin. He kiittävät Jumalaa siunauksista, joita nukkumaanmeno suo. Toisena päivänä odotin lisää tunteita kahdelle hullulle.

ALDIVAN TORRES

Opettajan paluu

Sarastus. Aurinko nousee aikaisin, ja sen säteet kulkevat ikkunan halkeamien läpi hyväilemään rakkaiden vauvojen kasvoja. Lisäksi hieno Aamutuuli auttoi luomaan tunnelmaa heissä. Kuinka mukavaa olikaan saada tilaisuus toiseen päivään Isän siunauksella. Hitaasti nämä kaksi nousevat sängyistään samanaikaisesti. Uimisen jälkeen heidän kokouksensa tapahtuu katoksessa, jossa he valmistavat aamiaisen yhdessä. Se on ilon, odotuksen ja häiriötekijöiden hetki jakaa kokemuksia uskomattoman fantastisina aikoina.

Kun aamiainen on valmis, he kokoontuvat pöydän ympärille mukavasti istuen puisille tuoleille, joissa on selkänoja pylväälle. Kun he syövät, he vaihtavat intiimejä kokemuksia.

Belinha

Siskoni, mikä se oli?

Amelinha

Puhdas tunne! Muistan edelleen jokaisen yksityiskohdan noiden rakkaiden kretiinien ruumiista!

Belinha

Niin minäkin! Tunsin valtavaa nautintoa. Se oli melkein yliaistillista.

Amelinha

Tiedän! Tehkäämme näitä hulluja asioita useammin!

Belinha

Olen samaa mieltä!

Amelinha

Piditkö testistä?

Belinha

Rakastin sitä. Kuolen tarkistaakseni suorituskykyni!

Amelinha
Niin minäkin!
Heti kun he lopettivat ruokinnan, tytöt ottivat matkapuhelimensa käyttämällä mobiilia internetiä. He siirtyivät organisaation sivulle tarkistaakseen todisteen palautteen. He kirjoittivat sen paperille ja menivät huoneeseen tarkistamaan vastaukset.

Sisällä he hyppäsivät ilosta nähdessään hyvän nuotin. He olivat menneet ohi! Tunnetta ei voitu hillitä juuri nyt. Juhlittuaan paljon, hänellä on paras idea: Kutsu mestari Renato, jotta he voivat juhlia tehtävän onnistumista. Belinha on jälleen vastuussa operaatiosta. Hän ottaa puhelimensa ja soittaa.

Belinha
Hei?
Renato
Hei, oletko kunnossa? Mitä kuuluu, rakas Belinha?
Belinha
Oikein hyvin! Arvaa mitä juuri tapahtui.
Renato
Älä kerro minulle sinulle....
Belinha
Kyllä! Läpäisimme kilpailun!
Renato
Onnitteluni! Enkö kertonut sinulle?
Belinha
Haluan kiittää teitä kaikin tavoin tekemästänne yhteistyöstä. Ymmärrät minua, eikö niin?
Renato

Ymmärrän kyllä. Meidän on saatava jotain aikaan. Mieluiten talossasi.
Belinha
Juuri siksi soitin. Voimmeko tehdä sen tänään?
Renato
Kyllä! Voin tehdä sen tänä iltana.
Belinha
Ihmetellä. Odotamme sinua sitten kello kahdeksan yöllä.
Renato
Okei. Voinko tuoda veljeni?
Belinha
Tietysti!
Renato
Nähdään myöhemmin!
Belinha
Nähdään myöhemmin!
Yhteys katkeaa. Katsoessaan sisartaan Belinha päästää naurun onnesta. Utelias toinen kysyy:
Amelinha
Entä sitten? hän tulossa?
Belinha
Hyvä on! Tänä iltana kello kahdeksan tapaamme jälleen. Hän ja hänen veljensä ovat tulossa! Oletko ajatellut orgiaa?
Amelinha
Kerro minulle siitä! Sykkii jo tunteesta!
Belinha
Olkoon sydän! Toivon, että se onnistuu!
Amelinha
"Kaikki on onnistunut!

PERVERSSI SISARET

Kaksikko nauraa samanaikaisesti täyttäen ympäristön positiivisilla värähtelyillä. Sillä hetkellä minulla ei ollut epäilystäkään siitä, että kohtalo juonitteli hauskaa yötä tuolle hullulle kaksikolle. He olivat jo saavuttaneet niin monta vaihetta yhdessä, että he eivät heikkenisi nyt. Siksi heidän pitäisi jatkaa miesten idolisointia seksuaalisena leikkinä ja sitten hylätä heidät. Se oli vähintä, mitä rotu pystyi tekemään maksaakseen heidän kärsimyksensä. Itse asiassa yksikään nainen ei ansaitse kärsiä. Tai pikemminkin jokainen nainen ei ansaitse kipua.

Aika päästä töihin. Jättäen huoneen jo valmiiksi, kaksi sisarta menee autotalliin, josta he lähtevät yksityisautollaan. Amelinha vie Belinha ensin kouluun ja lähtee sitten maatilan toimistoon. Siellä hän huokuu iloa ja kertoo ammattiuutiset. Kilpailun hyväksymisestä hän saa kaikkien onnittelut. Sama tapahtuu Belinha.

Myöhemmin he palaavat kotiin ja tapaavat uudelleen. Sitten alkaa valmistautua vastaanottamaan kollegasi. Päivästä lupasi tulla vieläkin erityisempi.

Juuri sovittuun aikaan he kuulevat koputusta ovelle. Belinha, älykkäin heistä, nousee ylös ja vastaa. Vakain ja turvallisin askelin hän asettuu oveen ja avaa sen hitaasti. Tämän toimenpiteen päätyttyä hän visualisoi veljesparin. Isännän signaalilla he tulevat ja asettuvat olohuoneen sohvalle.

Renato
Tämä on veljeni. Hänen nimensä on Ricardo.
Belinha
Mukava tavata, Ricardo.
Amelinha

| 31 |

Tervetuloa tänne!
Ricardo
Kiitän teitä molempia. Ilo on kokonaan minun!
Renato
Olen valmis! Voimmeko vain mennä huoneeseen?
Belinha
Älä viitsi!
Amelinha
Kuka saa kenet nyt?
Renato
Valitsen Belinha itse.
Belinha
Kiitos, Renato, kiitos! Olemme yhdessä!
Ricardo
Pysyn mielelläni Amelinhan luona!
Amelinha
Tulet vapisemaan!
Ricardo
Se jää nähtäväksi!
Belinha
Sitten juhlat alkakoot!

Miehet asettivat naiset varovasti käsivarrelle ja kantoivat heidät sängyille, jotka sijaitsivat yhden heistä makuuhuoneessa. Saapuessaan paikkaan he riisuvat vaatteensa ja putoavat kauniisiin huonekaluihin aloittaen rakkauden rituaalin useissa asennoissa, vaihtavat hyväilyjä ja osallisuutta. Jännitys ja ilo olivat niin suuria, että kadun toisella puolella kuultiin huokauksia, jotka skandaloivat naapureita. Tarkoitan, ei niin paljon, koska he tiesivät jo kuuluisuudestaan.

PERVERSSI SISARET

Ylhäältä tehdyn päätelmän jälkeen rakastajat palaavat keittiöön, jossa he juovat mehua evästeillä. Syödessään he juttelevat kaksi tuntia, mikä lisää ryhmän vuorovaikutusta. Kuinka hyvä olikaan olla siellä oppimassa elämästä ja siitä, kuinka olla onnellinen. Tyytyväisyys on sitä, että olet hyvin itsesi ja maailman kanssa, vahvistat kokemuksensa ja arvonsa muiden edessä kantaen varmuutta siitä, että muut eivät voi tuomita sinua. Siksi maksimi, jonka he uskoivat, oli "Jokainen on oma persoonansa".

Iltaan mennessä he lopulta sanovat hyvästit. Vierailijat lähtevät jättäen "rakkaat Pyreneet" entistä euforisemmiksi miettiessään uusia tilanteita. Maailma vain kääntyi kohti kahta uskottua. Olkoot he onnekkaita!

Maaninen pelle

Sunnuntai tuli ja hänen kanssaan paljon uutisia kaupungissa. Heidän joukossaan " tähti " -nimisen sirkuksen saapuminen, joka on kuuluisa kaikkialla Brasiliassa. Tässä kaikki, mistä puhuimme alueella. Synnynnäisesti uteliaina kaksi sisarta ohjelmoitiin osallistumaan juuri tälle illalle suunnitellun esityksen avajaisiin.

Lähellä aikataulua he kaksi olivat jo valmiita lähtemään ulos erityisen illallisen jälkeen naimattoman henkilön juhlaan. Gaalaan pukeutuneina molemmat marssivat samanaikaisesti, missä he lähtivät talosta ja menivät autotalliin. Autoon astuessaan he aloittavat siitä, että yksi heistä tulee alas ja sulkee autotallin. Kun sama palautetaan, matkaa voidaan jatkaa ilman lisäongelmia.

Poistu Pyhä Christopherin alueelta ja suuntaa kohti Boa Vistan aluetta kaupungin toisessa päässä, noin kahdeksankymmentätuhannen asukkaan sisämaan pääkaupunkia. Kun he kävelevät hiljaisia katuja pitkin, he hämmästyvät arkkitehtuurista, joulukoristeista, ihmisten hengistä, kirkoista, vuorista, joista he näyttivät puhuvan, tuoksuvista sanaleikeistä, joita vaihdettiin osallisuudessa, kovan rockin äänestä, ranskalaisesta hajuvedestä, keskusteluista politiikasta, liiketoiminnasta, yhteiskunnasta, puolueista, koillisesta kulttuurista ja salaisuuksista. Joka tapauksessa he olivat täysin rentoutuneita, ahdistuneita, hermostuneita ja keskittyneitä.

Matkalla heti sataa hieno sade. Vastoin odotuksia tytöt avaavat ajoneuvon ikkunat ja saavat pienet vesipisarat voitelemaan kasvonsa. Tämä ele osoittaa heidän yksinkertaisuutensa ja aitoutensa, todelliset itseastraalimestarit. Tämä on paras vaihtoehto ihmisille. Mitä järkeä on poistaa epäonnistumisia, levottomuutta ja menneisyyden tuskaa? He eivät veisi heitä minnekään. Siksi he olivat onnellisia valintojensa kautta. Vaikka maailma tuomitsi heidät, he eivät välittäneet, koska he omistivat kohtalonsa. Hyvää syntymäpäivää heille!

Noin kymmenen minuutin kuluttua he ovat jo sirkuksen yhteydessä olevalla parkkipaikalla. He sulkevat auton, kävelevät muutaman metrin ympäristön sisäpihalle. Aikaisin tullessaan he istuvat ensimmäisillä valkaisulaitteilla. Kun odotat esitystä, he ostavat popcornia, olutta, pudottavat paskaa ja hiljaisia sanaleikkejä. Ei ollut mitään parempaa kuin olla sirkuksessa!

Neljäkymmentä minuuttia myöhemmin esitys aloitetaan. Nähtävyyksien joukossa ovat vitsailevat klovnit, akrobaatit, trapetsitaiteilijat, vääntelijät, kuolemanpallo, taikurit,

PERVERSSI SISARET

jonglöörit ja musiikkiesitys. Kolmen tunnin ajan he elävät maagisia hetkiä, hauskoja, hajamielisiä, leikkivät, rakastuvat, vihdoin elävät. Esityksen hajoamisen myötä he menevät pukuhuoneeseen ja tervehtivät yhtä klovneista. Hän oli tehnyt tempun piristää heitä kuin sitä ei olisi koskaan tapahtunut.

Lavalla sinun on saatava rivi. Sattumalta he ovat viimeisiä, jotka menevät pukuhuoneeseen. Siellä he löytävät vääristyneen klovnin, poissa lavalta.

"Tulimme tänne onnittelemaan sinua upeasta esityksestäsi. Siinä on Jumalan lahja! Hän katseli Belinha.

"Sanasi ja eleesi ovat ravistelleet henkeäni. En tiedä, mutta huomasin surun silmissäsi. Olenko oikeassa?

"Kiitos teille molemmille sanoista. Mitkä ovat nimesi? Vastasi pelle.

"Minun nimeni on Amelinha!

"Nimeni on Belinha.

"Mukava tavata. Voit kutsua minua Gilberto! Olen kokenut tarpeeksi tuskaa tässä elämässä. Yksi niistä oli äskettäinen ero vaimostani. Sinun on ymmärrettävä, ettei ole helppoa erota vaimostasi 20 vuoden elämän jälkeen, eikö? Siitä huolimatta olen iloinen voidessani toteuttaa taidettani.

"Voi raukka! Olen pahoillani! (Amelinha).

"Mitä voimme tehdä piristääksemme häntä? (Belinha).

"En tiedä miten. Vaimoni eron jälkeen kaipaan häntä niin paljon. (Gilberto).

"Voimme korjata tämän, emmekö voi, sisko? (Belinha).

"Toki. Olet hyvännäköinen mies. (Amelinha)

"Kiitos, tytöt. Olet ihana. huudahti Gilberto.

Odottamatta enää, valkoinen, pitkä, vahva, tummasilmäinen miehekäs meni riisuutumaan, ja naiset seurasivat hänen esimerkkiään. Alasti kolmikko meni esileikkiin siellä lattialla. Enemmän kuin tunteiden vaihtoa ja kiroilua, seksi huvitti heitä ja piristi heitä. Noina lyhyinä hetkinä he tunsivat osia suuremmasta voimasta, Jumalan rakkaudesta. Rakkauden kautta he saavuttivat suuremman ekstaasin, jonka ihminen voi saavuttaa.

Lopetettuaan teon, he pukeutuvat ja sanovat hyvästit. Tuo yksi askel lisää ja johtopäätös, joka tuli, oli, että ihminen oli villi susi. Maaninen pelle, jota et koskaan unohda. Ei enää, he lähtevät sirkuksesta siirtymällä parkkipaikalle. He nousevat autoon ja lähtevät takaisin matkaan. Seuraaville päiville luvattiin lisää yllätyksiä.

Toinen aamunkoitto on tullut kauniimpana kuin koskaan. Aikaisin aamulla ystävämme tuntevat mielellään auringon lämmön ja tuulen vaeltavan kasvoillaan. Nämä kontrastit aiheuttivat saman fyysisessä aspektissa hyvän vapauden, tyytyväisyyden, tyytyväisyyden ja ilon tunteen. He olivat valmiita kohtaamaan uuden päivän.

He kuitenkin keskittävät voimansa, mikä huipentuu heidän nostamiseensa. Seuraava askel on mennä sviittiin ja tehdä se äärimmäisellä irtolaisuudella ikään kuin he olisivat Bahia osavaltiosta. Ei tietenkään satuttaa rakkaita naapureitamme. Kaikkien pyhien maa on upea paikka täynnä kulttuuria, historiaa ja maallisia perinteitä. Eläköön Bahia.

Kylpyhuoneessa he riisuvat vaatteensa oudolla tunteella, etteivät he olleet yksin. Kuka on koskaan kuullut vaalean kylpyhuoneen legendasta? Kauhuelokuvamaratonin jälkeen oli normaalia joutua vaikeuksiin sen kanssa. Jälkeenpäin he nyökyttelevät päätään yrittäen olla hiljaisempia. Yhtäkkiä se tulee jokaisen mieleen, heidän poliittinen kehityskaarensa, kansalaispuolensa, heidän ammatillinen, uskonnollinen puolensa ja heidän seksuaalinen puolensa. Heistä tuntuu hyvältä olla epätäydellisiä laitteita. He olivat varmoja, että ominaisuudet ja viat lisäsivät heidän persoonallisuuttaan.

Lisäksi he lukitsevat itsensä kylpyhuoneeseen. Avaamalla suihkun he antavat kuuman veden virrata hikisten ruumiiden läpi edellisen yön kuumuuden vuoksi. Neste toimii katalysaattorina, joka imee kaikki surulliset asiat. Juuri sitä he tarvitsivat nyt: unohtaa tuskan, trauman, pettymykset, levottomuuden, joka yritti löytää uusia odotuksia. Kuluva vuosi oli siinä ratkaiseva. Fantastinen käänne kaikilla elämän osa-alueilla.

Puhdistusprosessi aloitetaan käyttämällä veden lisäksi kasvisieniä, saippuaa, shampoota. Tällä hetkellä he tuntevat yhden parhaista nautinnoista, joka pakottaa sinut muistamaan lipun riutalla ja seikkailut rannalla. Intuitiivisesti heidän villi henkensä pyytää lisää seikkailuja siitä, mitä he jäävät analysoimaan mahdollisimman pian. Tilanne, jota suosii vapaa-aika, joka saavutettiin molempien työssä palkintona omistautumisesta julkiseen palveluun.

Noin 20 minuutin ajan he laittoivat hieman sivuun tavoitteensa elää heijastava hetki omassa läheisyydessään. Tämän toiminnan lopussa he tulevat ulos wc: pyyhkivät märän ruumiin pyyhkeellä, käyttävät puhtaita vaatteita ja kenkiä, käyttävät sveitsiläistä hajuvettä, tuovat meikkiä Saksasta todella mukavilla aurinkolaseilla ja tiaroilla. Täysin valmiina he siirtyvät kuppiin kukkaronsa nauhalla ja tervehtivät itseään onnellisina jälleennäkemisestä hyvän Herran ansiosta.

Yhteistyössä he valmistavat kateuden aamiaisen: kuskus kanakastikkeessa, vihannekset, hedelmät, kahvikerma ja keksejä. Yhtä suurina osina ruoka jaetaan. He vuorottelevat hiljaisia hetkiä lyhyillä sananvaihdoilla, koska he olivat kohteliaita. Valmis aamiainen, ei ole paeta pidemmälle kuin mitä he aikoivat.

"Mitä ehdotat, Belinha? Olen tylsistynyt!

"Minulla on fiksu idea. Muistatko sen henkilön, jonka tapasimme kirjallisuusfestivaaleilla?

"Muistan. Hän oli kirjailija, ja hänen nimensä oli Jumalallinen.

"Minulla on hänen numeronsa. Entä jos ottaisimme yhteyttä? Haluaisin tietää, missä hän asuu.

"Minä myös. Hyvä idea. Tee se. Rakastan sitä.

"Hyvä on!

Belinha avasi käsilaukkunsa, otti puhelimensa ja alkoi soittaa. Hetken kuluttua joku vastaa riville, ja keskustelu alkaa.

"Hei.

"Hei, jumalallinen. Kaikki hyvin?

"Hyvä on, Belinha. Miten menee?

"Meillä menee hyvin. Katso, onko tämä kutsu edelleen voimassa. Siskoni ja minä haluaisimme pitää erityisen esityksen tänä iltana.

"Totta kai haluan. Et tule katumaan sitä. Täällä meillä on sahoja, runsasta luontoa, raikasta ilmaa suuren seuran ulkopuolella. Olen käytettävissä tänäänkin.

"Kuinka ihanaa. No, odota meitä kylän sisäänkäynnillä. Eniten 30 minuuttia olemme siellä.

"Se on ok. Nähdään myöhemmin!
"Nähdään myöhemmin!
Puhelu päättyy. Hymyillen Belinha palaa kommunikoimaan sisarensa kanssa.
"Hän sanoi kyllä. Vai mitä?
"Älä viitsi. Mitä me odotamme?
Molemmat paraati kupista talon uloskäyntiin ja sulkevat oven takanaan avaimella. Sitten he siirtyvät autotalliin. He ajavat virallista perheautoa jättäen ongelmansa taakseen odottaen uusia yllätyksiä ja tunteita maailman tärkeimmällä maalla. Kaupungin läpi, kovalla äänellä, pitivät pienen toivonsa itselleen. Se oli kaiken arvoista, sillä hetkellä, kunnes ajattelin mahdollisuutta olla onnellinen ikuisesti.

Lyhyessä ajassa he ottavat moottoritien BR 232 oikealle puolelle. Joten se aloittaa kurssin saavutukseen ja onnellisuuteen. Kohtuullisella nopeudella he voivat nauttia vuoristomaisemasta radan rannalla. Vaikka se oli tunnettu ympäristö, jokainen kohta siellä oli enemmän kuin uutuus. Se oli uudelleen löydetty itse.

Kulkee paikkojen, tilojen, kylien, sinisten pilvien, tuhkan ja ruusujen, kuivan ilman ja kuuman lämpötilan läpi. Ohjelmoidussa ajassa he ovat tulossa kaikkein historiallinen Brasilian sisämaan sisäänkäyntiin. Mimoso everstit, psyykkinen, tahraton käsitys ja ihmiset, joilla on korkea älyllinen kapasiteetti.

Kun he pysähtyivät piirin sisäänkäynnille, he odottivat rakasta ystävääsi samalla hymyllä kuin aina. Hyvä merkki niille, jotka etsivät seikkailuja. Noustessaan autosta he menevät tapaamaan jaloa kollegaa, joka vastaanottaa heidät halauksella, josta tulee kolminkertainen. Tämä hetki ei näytä loppuvan. Ne toistuvat jo, ne alkavat muuttaa ensivaikutelmia.

"Mitä kuuluu, Jumalallinen? kysyi Belinha.

"Hyvä, mitä kuuluu? Vastasi psyykkistä.

"Hienoa! (Belinha).

"Parempi kuin koskaan, täydensi Amelinha.

"Minulla on loistava idea. Entä jos nousisimme Ororubá-vuorelle? Siellä alkoi tasan kahdeksan vuotta sitten kehityskaareni kirjallisuudessa.

"Mikä kaunotar! Se on kunnia! (Amelinha).

"Minullekin! Rakastan luontoa. (Belinha).

"Joten mennään nyt. (Aldivan).

Kahden sisaren salaperäinen ystävä viittoi seuratakseen ja eteni keskustan kaduilla. Oikealle, yksityiseen paikkaan meneminen ja noin sadan metrin kävely asettaa ne sahan pohjaan. He tekevät nopean pysähdyksen, jotta he voivat levätä ja juoda vettä. Millaista oli kiivetä vuorelle kaikkien näiden seikkailujen jälkeen? Tunne oli rauhaa, keräilyä, epäilystä ja epäröintiä. Se oli kuin ensimmäinen kerta, kun kohtalo verotti kaikkia haasteita. Yhtäkkiä ystävät kohtaavat suuren kirjailijan hymyillen.

"Miten kaikki alkoi? Mitä se merkitsee sinulle? (Belinha).

"Vuonna 2009 elämäni pyöri yksitoikkoisuudessa. Se, mikä piti minut hengissä, oli halu ulkoistaa se, mitä tunsin maailmassa. Silloin kuulin tästä vuoresta ja hänen ihmeellisen luolansa voimista. Ei ulospääsyä, päätin ottaa riskin unelmani puolesta. Pakkasin laukkuni, kiipesin vuorelle, suoritin kolme haastetta, jotka minut akkreditoitiin epätoivon luolaan, maailman tappavimpaan ja vaarallisimpaan luolaan. Sen

PERVERSSI SISARET

sisällä olen ylittänyt suuret haasteet päättymällä kammioon. Sillä ekstaasin hetkellä ihme tapahtui, minusta tuli selvänäkijä, kaikkitietävä olento hänen näkyjensä kautta. Tähän mennessä seikkailuja on ollut vielä kaksikymmentä, enkä lopeta niin pian. Kiitos lukijoille, vähitellen saavutan tavoitteeni valloittaa maailma.

"Jännittävää. Olen fanisi. (Amelinha).

"Koskettava. Tiedän, miltä sinusta tuntuu suorittaa tämä tehtävä uudelleen. (Belinha).

"Erinomainen. Tunnen sekoituksen hyviä asioita, kuten menestystä, uskoa, kynsiä ja optimismia. Se antaa minulle hyvää energiaa, sanoi selvänäkijä.

"Hyvä. Mitä neuvoja annat meille?

"Pysykäämme keskittyneinä. Oletko valmis selvittämään paremmin itsellesi? (Mestari).

"Kyllä. He suostuivat molempiin.

"Seuraa sitten minua.

Kolmikko on jatkanut yritystä. Aurinko lämpenee, tuuli puhaltaa hieman voimakkaammin, linnut lentävät pois ja laulavat, kivet ja piikkejä näyttävät liikkuvan, maa tärisee ja vuoren äänet alkavat toimia. Tämä on ympäristö, joka esiintyy sahan kiipeämisessä.

Paljon kokemusta luolassa oleva mies auttaa naisia koko ajan. Näin toimiessaan hän lisäsi käytännön hyveitä, jotka ovat tärkeitä solidaarisuuden ja yhteistyön kaltaisia. Vastineeksi he lainasivat hänelle inhimillistä lämpöä ja epätasaista omistautumista. Voisimme sanoa, että se oli se ylitsepääsemätön, pysäyttämätön, pätevä kolmikko.

Vähä vähältä he nousevat askel askeleelta onnellisuuden

askeleita. Huomattavista saavutuksista huolimatta he ovat väsymättömiä etsinnässään. Jatko-osassa ne hidastavat kävelyvauhtia hieman, mutta pitävät sen tasaisena. Kuten sanonta kuuluu, menee hitaasti kauas. Tämä varmuus seuraa heitä koko ajan luoden potilaiden henkisen spektrin, varovaisuuden, suvaitsevaisuuden ja voittamisen. Näiden elementtien avulla heillä oli uskoa voittaa kaikki vastoinkäymiset.

Seuraava kohta, pyhä kivi, päättää kolmanneksen kurssista. On lyhyt tauko, ja he nauttivat siitä rukoillakseen, kiittääkseen, pohtiakseen ja suunnitellakseen seuraavia askeleita. Oikeassa määrin he pyrkivät tyydyttämään toiveensa, pelkonsa, tuskansa, kidutuksensa ja surunsa. Koska heillä on uskoa, lähtemätön rauha täyttää heidän sydämensä.

Matkan uudelleenkäynnistyksen myötä epävarmuus, epäilykset ja odottamattoman voima palaavat toimimaan. Vaikka se saattaisi pelottaa heitä, heillä oli mukanaan turva olla Jumalan ja sisämaan pienen verson luona. Mikään tai kukaan ei voisi vahingoittaa heitä yksinkertaisesti siksi, että Jumala ei sallisi sitä. He ymmärsivät tämän suojan jokaisella vaikealla elämän hetkellä, jolloin muut yksinkertaisesti hylkäsivät heidät. Jumala on käytännössä ainoa uskollinen ystävämme.

Lisäksi ne ovat puolivälissä. Kiipeily suoritetaan edelleen omistautuneemmin ja virittyneemmin. Toisin kuin tavallisilla kiipeilijöillä, rytmi auttaa motivaatiota, tahtoa ja toimitusta. Vaikka he eivät olleet urheilijoita, heidän suorituksensa oli merkittävää, koska he olivat terveitä ja sitoutuneita nuoria.

Kun reitistä on suoritettu kolme neljäsosaa, odotukset nousevat sietämättömälle tasolle. Kuinka kauan heidän pitäisi odottaa? Tällä paineen hetkellä parasta oli yrittää hallita

PERVERSSI SISARET

uteliaisuuden vauhtia. Kaikki varovaisuus johtui nyt vastakkaisten voimien toiminnasta.

Hieman enemmän aikaa he lopulta lopettavat reitin. Aurinko paistaa kirkkaammin, Jumalan valo valaisee heidät ja tulee polulta, vartija ja hänen poikansa Renato. Kaikki syntyi täysin uudelleen noiden ihanien pienokaisten sydämessä. He ansaitsivat tuon armon, koska olivat työskennelleet niin kovasti. Meedion seuraava askel on törmätä tiukkaan halaukseen hyväntekijöidensä kanssa. Hänen kollegansa seuraavat häntä ja tekevät viisinkertaisen halauksen.

" Hyvä nähdä sinut, Jumalan poika! En ole nähnyt sinua pitkään aikaan! Äidinvaistoni varoitti minua lähestymisestäsi, sanoi esi-isän rouva.

"Olen iloinen! Aivan kuin muistaisin ensimmäisen seikkailuni. Tunteita oli niin paljon. Vuori, haasteet, luola ja aikamatka ovat jättäneet jälkensä tarinaani. Tänne palaaminen tuo minulle hyviä muistoja. Nyt tuon mukanani kaksi ystävällistä soturia. He tarvitsivat tätä tapaamista pyhän kanssa.

"Mitkä ovat nimenne, naiset? kysyi vuoren vartija.

"Nimeni on Belinha, ja olen tilintarkastaja.

"Nimeni on Amelinha, ja olen opettaja. Asumme Arcoverde.

"Tervetuloa, naiset. (Vuoren vartija.)

"Olemme kiitollisia! Sanoi samanaikaisesti kaksi vierailijaa kyyneleet silmissään.

"Rakastan myös uusia ystävyyssuhteita. Mestarini vieressä oleminen antaa minulle jälleen erityisen nautinnon sanoin kuvaamattomista. Ainoat ihmiset, jotka osaavat ymmärtää sen, olemme me kaksi. Eikö se ole oikein, kumppani? (Renato).

| 43 |

"Et koskaan muutu, Renato! Sanasi ovat korvaamattomia. Kaikella hulluudellani hänen löytämisensä oli yksi kohtaloni hyvistä asioista.

Ystäväni ja veljeni vastasivat selvänäkijälle laskematta sanoja. Ne tulivat luonnollisesti esiin todellisen tunteen vuoksi, joka ravitsi häntä.

"Meitä vastataan samalla mitalla. Siksi tarinamme on menestys, sanoi nuori mies.

"Kuinka mukavaa olla tässä tarinassa. Minulla ei ollut aavistustakaan, kuinka erityinen vuori oli liikeradaltaan, rakas kirjailija, sanoi Amelinha.

"Hän on todella ihailtava, sisko. Lisäksi ystäväsi ovat todella mukavia. Elämme todellista fiktiota, ja se on ihmeellisintä, mitä on olemassa. (Belinha).

"Arvostamme kohteliaisuutta. Sinun on kuitenkin oltava kyllästynyt kiipeilyyn käytettyyn vaivaan. Entä jos menemme kotiin? Meillä on aina jotain tarjottavaa. (Rouva).

"Olemme käyttäneet tilaisuutta hyväksemme ja vaihtaneet kuulumisia keskusteluistamme. Kaipaan Renato niin paljon.

"Mielestäni se on hienoa. Mitä sanotte naisista?

"Tulen rakastamaan sitä. (Belinha).

"Me teemme!

"Anna meidän sitten mennä! On suorittanut päällikön.

Kvintetti alkaa kävellä tuon fantastisen hahmon antamassa järjestyksessä. Välittömästi kylmä puhaltaa luokan väsyneiden luurankojen läpi. Kuka tuo nainen oli ja mitä voimia hänellä oli? Huolimatta niin monista yhteisistä hetkistä, mysteeri pysyi lukittuna ovena seitsemään avaimeen. He eivät koskaan saisi tietää, koska se oli osa vuoren salaisuutta. Samalla heidän

PERVERSSI SISARET

sydämensä pysyivät sumussa. He olivat uupuneita rakkauden lahjoittamisesta ja siitä, etteivät he saaneet, anna anteeksi ja tuota jälleen pettymystä. Joka tapauksessa joko he tottuivat elämän todellisuuteen tai kärsivät paljon. Siksi he tarvitsivat neuvoja.

Askel askeleelta he pääsevät esteiden yli. Heti he kuulevat häiritsevän huudon. Yhdellä katseella pomo rauhoittaa heidät. Se oli hierarkian tunne, kun taas vahvimmat ja kokeneimmat suojelivat, palvelijat palasivat omistautuneena, palvoen ja ystävystyneenä. Se oli kaksisuuntainen katu.

Valitettavasti he hallitsevat kävelyä suurella ja lempeällä tavalla. Mikä idea Belinha päässä oli liikkunut? He olivat keskellä pensasta, jonka ilkeät eläimet olivat murtaneet ja jotka voisivat satuttaa heitä. Muuten jaloissa oli piikkejä ja teräviä kiviä. Koska jokaisella tilanteella on näkökulmansa, siellä oleminen oli ainoa mahdollisuus ymmärtää itseäsi ja toiveitasi, jotain vajetta vierailijoiden elämässä. Pian se oli seikkailun arvoinen.

Seuraavaksi puolivälissä he pysähtyvät. Aivan lähellä siellä oli hedelmätarha. He ovat matkalla taivaaseen. Raamatun kertomukseen viitaten he tunsivat olevansa täysin vapaita ja integroituneita luontoon. Kuten lapset, he leikkivät kiipeilypuita, ottavat hedelmät, tulevat alas ja syövät niitä. Sitten he meditoivat. He oppivat heti, kun elämä on tehty hetkillä. Olivatpa he surullisia tai onnellisia, on hyvä nauttia heistä, kun olemme elossa.

Jälkeenpäin he ottavat virkistävän kylvyn siihen liitetyssä järvessä. Tämä tosiasia herättää hyviä muistoja kerran, elämänsä merkittävimmistä kokemuksista. Kuinka mukavaa olikaan olla lapsi! Kuinka vaikeaa oli kasvaa aikuiseksi ja kohdata aikuiselämä. Elä ihmisten valheen, valheen ja väärän moraalin kanssa.

Siirtyessään eteenpäin he lähestyvät kohtaloa. Polun oikealla puolella näet jo yksinkertaisen hökkelin. Se oli vuoren ihanimpien, salaperäisimpien ihmisten pyhäkkö. Ne olivat ihania, mikä todistaa, että ihmisen arvo ei ole siinä, mitä hänellä on. Sielun jalous on luonteeltaan, hyväntekeväisyys- ja neuvonta-asenteissaan. Joten sanonta kuuluu: ystävä aukiolla on parempi kuin pankkiin talletettu raha.

Muutaman askeleen eteenpäin he pysähtyvät mökin sisäänkäynnin eteen. Saavatko he vastauksia sisäisiin kysymyksiisi? Vain aika voisi vastata tähän ja muihin kysymyksiin. Tärkeää tässä oli se, että he olivat tukena kaikessa, mitä tulee ja menee.

Emännän roolissa huoltaja avaa oven ja antaa kaikille muille pääsyn talon sisälle. He tulevat tyhjään kaappiin ja tarkkailevat kaikkea laajasti. He ovat vaikuttuneita paikan herkkyydestä, jota edustavat koristeet, esineet, huonekalut ja mysteerin ilmasto. Ristiriitaista on, että rikkauksia ja kulttuurista monimuotoisuutta oli enemmän kuin monissa palatseissa. Joten voimme tuntea olomme onnelliseksi ja kokonaiseksi jopa vaatimattomassa ympäristössä.

Yksi kerrallaan asetut käytettävissä oleviin paikkoihin, paitsi että Renato menee keittiöön valmistamaan lounasta. Ujouden alkuperäinen ilmapiiri on rikki.

"Haluaisin tuntea teidät paremmin, tytöt.

"Olemme kaksi tyttöä Arcoverde Citystä. Olemme onnellisia ammatillisesti, mutta häviäjiä rakkaudessa. Siitä lähtien,

PERVERSSI SISARET

kun vanha kumppanini petti minut, olen ollut turhautunut, Belinha tunnusti.

"Silloin päätimme palata miesten pariin. Teimme sopimuksen houkutellaksemme heidät ja käyttääksemme heitä esineenä. Emme enää koskaan kärsi, Amelinha sanoi.

"Annan heille kaiken tukeni. Tapasin heidät väkijoukossa ja nyt heidän tilaisuutensa on tullut käymään täällä. (Jumalan Poika)

"Mielenkiintoista. Tämä on luonnollinen reaktio pettymysten kärsimykseen. Se ei kuitenkaan ole paras tapa seurata. Koko lajin arvioiminen ihmisen asenteen perusteella on selvä virhe. Jokaisella on yksilöllisyytensä. Nämä pyhät ja häpeämättömät kasvosi voivat tuottaa enemmän konflikteja ja nautintoa. Sinun tehtäväsi on löytää oikea kohta tästä tarinasta. Se, mitä voin tehdä, on tukea, kuten ystäväsi teki, ja tulla avustajaksi tähän tarinaan, joka analysoi vuoren pyhää henkeä.

"Sallin sen. Haluan löytää itseni tästä pyhäköstä. (Amelinha).

"Hyväksyn myös ystävyytesi. Kuka tiesi, että olisin fantastisessa saippuaoopperassa? Myytti luolasta ja vuoresta näyttää siltä nyt. Voinko tehdä toiveen? (Belinha).

"Tietysti, rakas.

"Vuoristo-olennot voivat kuulla nöyrien uneksijoiden pyynnöt, kuten minulle on tapahtunut. Luottaa! (Jumalan poika).

"Olen niin epäuskoinen. Mutta jos sanot niin, yritän. Pyydän meiltä kaikilta menestyksekästä lopputulosta. Anna jokaisen teistä toteutua elämän tärkeimmillä aloilla.

"Myönnän sen! Ukkonen jyrisee syvän äänen keskellä huonetta.

Molemmat huorat ovat hypänneet maahan. Samaan aikaan muut nauroivat ja itkivät molempien reaktiota. Tämä tosiasia oli ollut enemmän kohtalon teko. Mikä yllätys. Kukaan ei olisi voinut ennustaa, mitä vuoren huipulla tapahtui. Koska kuuluisa intiaani oli kuollut tapahtumapaikalla, todellisuuden tunne oli jättänyt tilaa yliluonnolliselle, mysteerille ja epätavalliselle.

"Mitä se ukkonen oli? Tärisen toistaiseksi, tunnusti Amelinha.

"Kuulin, mitä ääni sanoi. Hän vahvisti toiveeni. Näenkö unta? kysyi Belinha.

"Ihmeitä tapahtuu! Ajan myötä tiedät tarkalleen, mitä tämän sanominen tarkoittaa, mestari sanoi.

"Minä uskon vuoreen, ja sinunkin täytyy uskoa siihen. Hänen ihmeensä kautta pysyn täällä vakuuttuneena ja turvassa päätöksistäni. Jos epäonnistumme kerran, voimme aloittaa alusta. Elossa olevilla on aina toivoa - vakuutti selvänäkijän shamaani, joka näytti signaalia katolla.

"Valo. Mitä tuo tarkoittaa? (Belinha).

"Se on niin kaunis ja kirkas. (Amelinha).

"Se on ikuisen ystävyytemme valo. Vaikka hän katoaa fyysisesti, hän pysyy ehjänä sydämissämme. (Huoltaja

"Olemme kaikki valoisia, vaikkakin erottuvilla tavoilla. Meidän kohtalomme on onnellisuus. (Meedio).

Tässä kohtaa Renato astuu kuvaan ja tekee ehdotuksen.

"Meidän on aika mennä ulos ja löytää ystäviä. Hauskanpidon aika on tullut.

"Odotan sitä innolla. (Belinha)
"Mitä me odotamme? On aika. (HUUTAA)
Kvartetti lähtee metsään. Askelten tahti on nopea, mikä paljastaa hahmojen sisäisen ahdistuksen. Mimoso maaseutuympäristö vaikutti luonnon spektaakkeliin. Mitä haasteita kohtaisit? Olisivatko kovat eläimet vaarallisia? Vuoristomyytit saattoivat hyökätä milloin tahansa, mikä oli varsin vaarallista. Mutta rohkeus oli ominaisuus, jota kaikki siellä kantoivat mukanaan. Mikään ei pysäytä heidän onneaan.

Aika on tullut. Omaisuustiimissä oli musta mies, Renato, ja vaaleahiuksinen henkilö. Passiivisessa joukkueessa olivat Divine, Belinha ja Amelinha. Kun joukkue on muodostettu, hauskuus alkaa harmaan vihreän keskellä maalaismetsästä.

Musta kaveri tapailee Jumalaa. Renato seurustelee Amelinhan kanssa ja vaalea mies seurustelee Belinha kanssa. Ryhmäseksi alkaa kuuden ihmisen välisestä energianvaihdosta. Ne olivat kaikki kaikille yhdelle. Seksin ja nautinnon jano oli kaikille yhteinen. Vaihtamalla asentoa jokainen kokee ainutlaatuisia tunteita. He kokeilevat anaaliseksiä, emättimen seksiä, suuseksiä, ryhmäseksiä muiden seksimuotojen joukossa. Se todistaa, että rakkaus ei ole syntiä. Se on ihmisen evoluution perusenergian kauppaa. Ilman syyllisyyttä he vaihtavat nopeasti kumppanin, joka tarjoaa useita orgasmeja. Se on sekoitus ekstaasia, johon ryhmä osallistuu. He viettävät tuntikausia seksiä, kunnes he ovat väsyneitä.

Kun kaikki on valmis, he palaavat alkuperäisiin asemiinsa. Vuorella oli vielä paljon löydettävää.

Maanantaiaamu kauniimpi kuin koskaan. Aikaisin aamulla ystävämme saavat ilon tuntea auringon lämmön ja tuulen vaeltavan kasvoillaan. Nämä kontrastit aiheuttivat saman fyysisessä aspektissa hyvän vapauden, tyytyväisyyden, tyytyväisyyden ja ilon tunteen. He olivat valmiita kohtaamaan uuden päivän.

Tarkemmin ajateltuna he keskittävät voimansa, jotka huipentuvat heidän nostamiseensa. Seuraava askel on mennä sviitteihin ja tehdä se äärimmäisen irtolaisuus ikään kuin he olisivat Bahia osavaltiosta. Ei tietenkään satuttaa rakkaita naapureitamme. Kaikkien pyhien maa on upea paikka täynnä kulttuuria, historiaa ja maallisia perinteitä. Eläköön Bahia!

Kylpyhuoneessa he riisuvat vaatteensa oudolla tunteella, etteivät he olleet yksin. Kuka on koskaan kuullut vaalean kylpyhuoneen legendasta? Kauhuelokuvamaratonin jälkeen oli normaalia joutua vaikeuksiin sen kanssa. Jälkeenpäin he nyökyttelevät päätään yrittäen olla hiljaisempia. Yhtäkkiä jokaisen mieleen tulee heidän poliittinen kehityskaarensa, kansalaispuolensa, ammatillisen, uskonnollisen puolensa ja seksuaalinen puolensa. Heistä tuntuu hyvältä olla epätäydellisiä laitteita. He olivat varmoja, että ominaisuudet ja viat lisäsivät heidän persoonallisuuttaan.

He lukitsevat itsensä kylpyhuoneeseen. Avaamalla suihkun he antavat kuuman veden virrata hikisten ruumiiden läpi edellisen yön kuumuuden vuoksi. Neste toimii katalysaattorina, joka imee kaikki surulliset asiat. Juuri sitä he tarvitsivat nyt: unohda tuska, trauma, pettymykset, levottomuus, joka yrittää löytää uusia odotuksia. Kuluva vuosi oli ollut siinä ratkaiseva. Fantastinen käänne kaikilla elämän osa-alueilla.

Puhdistusprosessi aloitetaan käyttämällä kehon pyyhkijää, saippuaa, shampoo veden ulkopuolella. Tällä hetkellä he

PERVERSSI SISARET

tuntevat yhden parhaista nautinnoista, joka pakottaa heidät muistamaan riutan solan ja seikkailut rannalla. Intuitiivisesti heidän villi henkensä pyytää lisää seikkailuja siitä, mitä he jäävät analysoimaan mahdollisimman pian. Tilanne, jota suosii vapaa-aika, joka saavutettiin molempien työssä palkintona omistautumisesta julkiseen palveluun.

Noin 20 minuutin ajan he laittoivat hieman sivuun tavoitteensa elää heijastava hetki omassa läheisyydessään. Tämän toiminnan lopussa he tulevat ulos wc: pyyhkivät märän ruumiin pyyhkeellä, käyttävät puhtaita vaatteita ja kenkiä, käyttävät sveitsiläistä hajuvettä, tuovat meikkiä Saksasta todella mukavilla aurinkolaseilla ja tiaroilla. Täysin valmiina he siirtyvät kuppiin kukkaronsa nauhalla ja tervehtivät itseään onnellisina jälleennäkemisestä hyvän Herran ansiosta.

Yhteistyössä he valmistavat aamiaisen, joka sisältää kateutta, kanakastiketta, vihanneksia, hedelmiä, kahvikermaa ja keksejä. Yhtä suurina osina ruoka jaetaan. He vuorottelevat hiljaisia hetkiä lyhyillä sananvaihdoilla, koska he olivat kohteliaita. Valmis aamiainen, ei ole jäljellä paeta kuin he aikoivat.

"Mitä ehdotat, Belinha? Olen tylsistynyt!

"Minulla on fiksu idea. Muistatko sen kaverin, jonka löysimme joukosta?

"Muistan. Hän oli kirjailija, ja hänen nimensä oli Jumalallinen.

"Minulla on hänen puhelinnumeronsa. Entä jos ottaisimme yhteyttä? Haluaisin tietää, missä hän asuu.

"Minä myös. Hyvä idea. Tee se. Haluaisin mielelläni.

"Hyvä on!

Belinha avasi käsilaukkunsa, otti puhelimensa ja alkoi soittaa. Hetken kuluttua joku vastaa riville, ja keskustelu alkaa.

"Hei.

"Hei, Jumalallinen, mitä kuuluu?

"Hyvä on, Belinha. Miten menee?

"Meillä menee hyvin. Katso, onko tämä kutsu edelleen voimassa. Minä ja siskoni haluaisimme pitää erityisen esityksen tänä iltana.

"Totta kai haluan. Et tule katumaan sitä. Täällä meillä on sahoja, runsasta luontoa, raikasta ilmaa suuren seuran ulkopuolella. Olen käytettävissä tänäänkin.

"Kuinka ihanaa! Odota sitten meitä kylän sisäänkäynnillä. Eniten 30 minuuttia olemme siellä.

"Hyvä on! Joten siihen asti!

"Nähdään myöhemmin!

Puhelu päättyy. Hymyillen Belinha palaa kommunikoimaan sisarensa kanssa.

"Hän sanoi kyllä. Mennäänkö?

"Älä viitsi! Mitä me odotamme?

Molemmat marssivat kupista talon uloskäynnille sulkemalla oven takanaan avaimella. Siirry sitten autotalliin. Virallisen perheauton ohjaaminen ja ongelmien jättäminen taakse odottamaan uusia yllätyksiä ja tunteita maailman tärkeimmällä maalla. Kaupungin läpi, kovalla äänellä, pitivät pienen toivonsa itselleen. Se oli kaiken arvoista, sillä hetkellä, kunnes ajattelin mahdollisuutta olla onnellinen ikuisesti.

Lyhyessä ajassa he ottavat moottoritien BR 232 oikealle puolelle. Joten aloita kurssin kulku saavutuksiin ja onnellisuuteen. Kohtuullisella nopeudella he voivat nauttia

PERVERSSI SISARET

vuoristomaisemasta radan rannalla. Vaikka se oli tunnettu ympäristö, jokainen kohta siellä oli enemmän kuin uutuus. Se oli uudelleen löydetty itse.

Kulkee paikkojen, tilojen, kylien, sinisten pilvien, tuhkan ja ruusujen, kuivan ilman ja kuuman lämpötilan läpi. Ohjelmoidussa ajassa he ovat tulossa Pernambuco osavaltion sisätilojen sisäänkäynnin historiallinen. Mimoso everstit, psyykkinen, tahraton käsitys ja ihmiset, joilla on korkea älyllinen kapasiteetti.

Kun pysähdyit piirin sisäänkäynnille, odotit rakasta ystävääsi samalla hymyllä kuin aina. Hyvä merkki niille, jotka etsivät seikkailuja. Nouse autosta, mene tapaamaan jaloa kollegaa, joka vastaanottaa heidät halauksella, josta tulee kolminkertainen. Tämä hetki ei näytä loppuvan. Ne toistuvat jo, ne alkavat muuttaa ensivaikutelmia.

"Mitä kuuluu, Jumalallinen? (Belinha)

"No, entä sinä? (Meedio)

"Hienoa! (Belinha)

"Parempi kuin koskaan" (Amelinha)

"Minulla on loistava idea, entä jos nousisimme Ororubávuorelle? Siellä alkoi tasan kahdeksan vuotta sitten kehityskaareni kirjallisuudessa.

"Mikä kaunotar! Se on kunnia! (Amelinha)

"Minullekin! Rakastan luontoa! (Belinha)

"Joten mennään nyt! (Aldivan)

Kahden sisaren salaperäinen ystävä viittoi seurata häntä, ja he etenivät keskustan kaduille. Oikealle, yksityiseen paikkaan meneminen ja noin sadan metrin kävely asettaa ne sahan pohjaan. He pysähtyvät nopeasti lepäämään ja juoda vettä.

Millaista oli kiivetä vuorelle kaikkien näiden seikkailujen jälkeen? Tunne oli rauhaa, keräilyä, epäilystä ja epäröintiä. Se oli kuin ensimmäinen kerta, kun kohtalo verotti kaikkia haasteita. Yhtäkkiä ystävät kohtaavat suuren kirjailijan hymyillen.

"Miten kaikki alkoi? Mitä se merkitsee sinulle? (Belinha)

"Vuonna 2009 elämäni pyöri yksitoikkoisuudessa. Se, mikä piti minut hengissä, oli halu ulkoistaa se, mitä tunsin maailmassa. Silloin kuulin tästä vuoresta ja hänen ihmeellisen luolansa voimista. Ei ulospääsyä, päätin ottaa riskin unelmani puolesta. Pakkasin laukkuni, kiipesin vuorelle, suoritin kolme haastetta, jotka sain astua epätoivon luolaan, maailman tappavimpaan ja vaarallisimpaan luolaan. Sen sisällä olen ylittänyt suuret haasteet päättymällä kammioon. Sillä ekstaasin hetkellä ihme tapahtui, minusta tuli selvänäkijä, kaikkitietävä olento hänen näkyjensä kautta. Tähän mennessä seikkailuja on ollut vielä kaksikymmentä, enkä aio lopettaa niin pian. Lukijoiden avulla saan vähitellen tavoitteeni valloittaa maailman. (Jumalan poika)

"Jännittävää! Olen fanisi. (Amelinha)

" Tiedän, miltä sinusta tuntuu suorittaa tämä tehtävä uudelleen. (Belinha)

"Erittäin hyvä! Tunnen sekoituksen hyviä asioita, kuten menestystä, uskoa, kynsiä ja optimismia. Se antaa minulle hyvää energiaa. (Meedio)

"Hyvä! Mitä neuvoja annat meille? (Belinha)

"Pysykäämme keskittyneinä. Oletko valmis selvittämään paremmin itsellesi? (Mestari)

"Kyllä! He suostuivat molempiin.

"Seuraa sitten minua!

Kolmikko on jatkanut yritystä. Aurinko lämpenee, tuuli puhaltaa hieman voimakkaammin, linnut lentävät pois ja laulavat, kivet ja piikkejä näyttävät liikkuvan, maa tärisee ja vuoren äänet alkavat toimia. Tämä on ympäristö, joka esiintyy sahan kiipeämisessä.

Paljon kokemusta luolassa oleva mies auttaa naisia koko ajan. Näin toimiessaan hän lisäsi käytännön hyveitä, jotka ovat tärkeitä solidaarisuuden ja yhteistyön kaltaisia. Vastineeksi he lainasivat hänelle inhimillistä lämpöä ja tasaista omistautumista. Voisimme sanoa, että se oli se ylitsepääsemätön, pysäyttämätön, pätevä kolmikko.

Vähä vähältä he nousevat askel askeleelta onnellisuuden askeleita. Omistautumisella ja sinnikkyydellä he ohittavat korkeamman puu ja suorittavat neljänneksen matkasta. Huomattavista saavutuksista huolimatta he ovat väsymättömiä etsinnässään. Ne johtuivat onnitteluista.

Jatko-osassa hidasta kävelyvauhtia hieman, mutta pidä se tasaisena. Kuten sanonta kuuluu, menee hitaasti kauas. Tämä varmuus seuraa heitä koko ajan luoden kärsivällisyyden, varovaisuuden, suvaitsevaisuuden ja voittamisen henkisen spektrin. Näiden elementtien avulla heillä oli uskoa voittaa kaikki vastoinkäymiset.

Seuraava kohta, pyhä kivi päättää kolmanneksen kurssista. On lyhyt tauko, ja he nauttivat siitä rukoillakseen, kiittääkseen, pohtiakseen ja suunnitellakseen seuraavia askeleita. Oikeassa määrin he pyrkivät tyydyttämään toiveensa, pelkonsa, tuskansa, kidutuksensa ja surunsa. Koska heillä on uskoa, lähtemätön rauha täyttää heidän sydämensä.

Matkan uudelleenkäynnistyksen myötä epävarmuus,

epäilykset ja odottamattoman voima palaavat toimimaan. Vaikka se saattoi pelottaa heitä, he kantoivat turvallisuutta olla sisätilojen jumalattoman verson läsnä ollessa. Mikään tai kukaan ei voisi vahingoittaa heitä yksinkertaisesti siksi, että Jumala ei sallisi sitä. He ymmärsivät tämän suojan jokaisella vaikealla elämän hetkellä, jolloin muut yksinkertaisesti hylkäsivät heidät. Jumala on käytännössä ainoa todellinen ja uskollinen ystävämme.

Lisäksi ne ovat puolivälissä. Kiipeily suoritetaan edelleen omistautuneemmin ja virittyneemmin. Toisin kuin tavallisilla kiipeilijöillä, rytmi auttaa motivaatiota, tahtoa ja toimitusta. Vaikka he eivät olleet urheilijoita, oli huomattavaa, että he olivat terveitä ja sitoutuneita nuoria.

Kolmannen vuosineljänneksen kurssilta odotukset tulevat sietämättömälle tasolle. Kuinka kauan heidän pitäisi odottaa? Tällä paineen hetkellä parasta oli yrittää hallita uteliaisuuden vauhtia. Kaikki varovaisuus johtui nyt vastakkaisten voimien toiminnasta.

Hieman enemmän aikaa he lopulta suorittavat kurssin. Aurinko paistaa kirkkaammin, Jumalan valo valaisee heidät ja tulee polulta, vartija ja hänen poikansa Renato. Kaikki syntyi täysin uudelleen noiden ihanien pienokaisten sydämessä. He ovat ansainneet tämän armon viljelykasvilain kautta. Meedion seuraava askel on törmätä tiukkaan halaukseen hyväntekijöidensä kanssa. Hänen kollegansa seuraavat häntä ja tekevät viisinkertaisen halauksen.

"Hyvä nähdä sinut, Jumalan poika! Pitkästä aikaa ei näe! Äidinvaistoni varoitti minua lähestymisestäsi, esi-isän rouva.

Olen iloinen! Aivan kuin muistaisin ensimmäisen

PERVERSSI SISARET

seikkailuni. Tunteita oli niin paljon. Vuori, haasteet, luola ja aikamatka ovat jättäneet jälkensä tarinaani. Tänne palaaminen tuo minulle hyviä muistoja. Nyt tuon mukanani kaksi ystävällistä soturia. He tarvitsivat tätä tapaamista pyhän kanssa.

"Mitkä ovat nimenne, naiset? (Haltija)

"Nimeni on Belinha ja olen tilintarkastaja.

"Nimeni on Amelinha ja olen opettaja. Asumme Arcoverde.

"Tervetuloa, naiset. (Pitäjä)

"Olemme kiitollisia! sanoivat samanaikaisesti kaksi vierailijaa kyyneleet silmissään.

"Rakastan myös uusia ystävyyssuhteita. Mestarini vieressä oleminen antaa minulle jälleen erityisen nautinnon sanoin kuvaamattomista. Vain ihmiset, jotka osaavat ymmärtää sen, olemme me kaksi. Eikö se ole oikein, kumppani? (Renato)

"Et koskaan muutu, Renato! Sanasi ovat korvaamattomia. Kaikella hulluudellani hänen löytämisensä oli yksi kohtaloni hyvistä asioista. Ystäväni ja veljeni. (Meedio).

Ne tulivat luonnollisesti esiin todellisen tunteen vuoksi, joka ravitsi häntä.

"Meitä sovitetaan yhteen samassa määrin. Siksi tarinamme on menestys ", sanoi nuori mies.

"On hyvä olla osa tätä tarinaa. En edes tiennyt, kuinka erityinen vuori oli liikeradallaan, rakas kirjailija ", Amelinha sanoi.

"Hän on todella ihailtava, sisko. Lisäksi ystäväsi ovat erittäin ystävällisiä. Elämme todellista fiktiota, ja se on ihmeellisintä, mitä on olemassa. (Belinha)

"Kiitämme kohteliaisuudesta. Heidän on kuitenkin oltava

väsyneitä kiipeilyyn käytettyyn vaivaan. Entä jos menemme kotiin? Meillä on aina jotain tarjottavaa. (Rouva) "Tartuimme tilaisuuteen vaihtaa kuulumisia. Kaipaan sinua kovasti", Renato tunnusti.

"Se sopii minulle. Se on hienoa naisille, mitä he sanovat minulle?

"Rakastan sitä! " Belinha väitti.

"Kyllä, mennään", Amelinha suostui.

"Joten, anna meidän mennä! " Mestari päätteli.

Kvintetti alkaa kävellä tuon fantastisen hahmon antamassa järjestyksessä. Juuri nyt kylmä puhaltaa luokan väsyneiden luurankojen läpi. Kuka oli se nainen, kuka hän oli, jolla oli voimia? Huolimatta niin monista yhteisistä hetkistä, mysteeri pysyi lukittuna ovena seitsemään avaimeen. He eivät koskaan saisi tietää, koska se oli osa vuoren salaisuutta. Samalla heidän sydämensä pysyivät sumussa. He olivat uupuneita rakkauden lahjoittamisesta ja siitä, etteivät he saaneet, anna anteeksi ja tuota jälleen pettymystä. Joka tapauksessa joko he tottuivat elämän todellisuuteen tai kärsivät paljon. Siksi he tarvitsivat neuvoja.

Askel askeleelta pääset esteiden yli. Hetken kuluttua he kuulevat häiritsevän huudon. Yhdellä katseella pomo rauhoittaa heidät. Se oli hierarkian tunne, kun taas vahvimmat ja kokeneemmat suojelivat, palvelijat palasivat antaumuksella, palvonnalla ja ystävyydellä. Se oli kaksisuuntainen katu.

Valitettavasti he hallitsevat kävelyä suurella ja lempeällä tavalla. Mikä oli ajatus, joka Belinha päässä oli liikkunut? He olivat keskellä pensasta, jonka ilkeät eläimet olivat murtaneet ja jotka voisivat satuttaa heitä. Muuten jaloissa oli piikkejä ja teräviä kiviä. Koska jokaisella tilanteella on näkökulmansa, siellä oleminen oli ainoa mahdollisuus ymmärtää itseäsi ja toiveitasi, jotain vajetta vierailijoiden elämässä. Pian se oli seikkailun arvoinen.

Seuraavaksi puolivälissä he pysähtyvät. Aivan lähellä siellä oli hedelmätarha. He ovat matkalla taivaaseen. Raamatun kertomukseen viitaten he tunsivat olevansa täydentävästi vapaita ja integroituneita luontoon. Kuten lapset, he leikkivät kiipeilypuita, ottavat hedelmät, tulevat alas ja syövät niitä. Sitten he meditoivat. He oppivat heti, kun elämä on tehty hetkillä. Olivatpa he surullisia tai onnellisia, on hyvä nauttia heistä, kun olemme elossa.

Jälkeenpäin he ottavat virkistävän kylvyn siihen liitetyssä järvessä. Tämä tosiasia herättää hyviä muistoja kerran, elämänsä merkittävimmistä kokemuksista. Kuinka mukavaa olikaan olla lapsi! Kuinka vaikeaa oli kasvaa aikuiseksi ja kohdata aikuiselämä. Elä ihmisten valheen, valheen ja väärän moraalin kanssa.

Siirtyessään eteenpäin he lähestyvät kohtaloa. Polun oikealla puolella näet jo yksinkertaisen hökkelin. Se oli vuoren ihanimpien, salaperäisimpien ihmisten pyhäkkö. Ne olivat hämmästyttäviä, mikä todistaa, että ihmisen arvo ei ole siinä, mitä hänellä on. Sielun jalous on luonteeltaan, hyväntekeväisyyden ja neuvonnan asenteissa. Siksi he sanovat seuraavan sanonnan, parempi ystävä neliössä on arvoinen kuin pankkiin talletettu raha.

Muutaman askeleen eteenpäin he pysähtyvät mökin sisäänkäynnin eteen. Saivatko he vastauksia sisäisiin kyselyihinsä? Vain aika voisi vastata tähän ja muihin kysymyksiin.

ALDIVAN TORRES

Tärkeää tässä oli se, että he olivat tukena kaikessa, mitä tulee ja menee.

Emännän roolissa vartija avaa oven, jolloin kaikki muut pääsevät talon sisälle. He astuvat ainutlaatuiseen turhaan koppiin katsomalla kaikkea isossa laitteessa. He ovat vaikuttuneita paikan herkkyydestä, jota edustavat koristeet, esineet, huonekalut ja mysteerin ilmasto. Sinä olet ristiriidassa siinä paikassa oli enemmän rikkauksia ja kulttuurista monimuotoisuutta kuin monissa palatseissa. Joten voimme tuntea olomme onnelliseksi ja kokonaiseksi jopa vaatimattomassa ympäristössä.

Yksi kerrallaan asetut käytettävissä oleviin paikkoihin, paitsi Renato keittiöön, valmistat lounaan. Ujouden alkuperäinen ilmapiiri on rikki.

"Haluaisin tuntea teidät paremmin, tytöt. (Huoltaja)

"Olemme kaksi tyttöä Arcoverde Citystä. Molemmat asettuivat ammattiin, mutta häviäjät rakastuivat. Siitä lähtien, kun vanha kumppanini petti minut, olen ollut turhautunut, Belinha tunnusti.

"Silloin päätimme palata miesten pariin. Teimme sopimuksen houkutellaksemme heidät ja käyttääksemme heitä esineenä. Emme enää koskaan kärsi. (Amelinha)

"Tuen heitä kaikkia. Tapasin heidät väkijoukossa ja nyt he tulivat käymään täällä, ja se pakotti sisätilojen itämisen.

"Mielenkiintoista. Tämä on luonnollinen reaktio kärsimysten pettymyksiin. Se ei kuitenkaan ole paras tapa seurata. Koko lajin arvioiminen ihmisen asenteen perusteella on selvä virhe. Jokaisella on oma yksilöllisyytensä. Nämä pyhät ja häpeämättömät kasvosi voivat tuottaa enemmän konflikteja ja nautintoa. Sinun tehtäväsi on löytää oikea kohta tästä tarinasta. Se, mitä voin tehdä, on tukea, kuten ystäväsi teki, ja tulla avustajaksi tähän tarinaan, joka analysoi vuoren pyhää henkeä.

"Sallin sen. Haluan löytää itseni tästä pyhäköstä. (Amelinha)

"Hyväksyn myös ystävyytesi. Kuka tiesi, että olisin fantastisessa saippuaoopperassa? Myytti luolasta ja vuoresta näyttää siltä nyt. Voinko tehdä toiveen? (Belinha)

"Tietysti, rakas.

"Vuoristo-olennot voivat kuulla nöyrien uneksijoiden pyynnöt, kuten minulle on tapahtunut. Luottaa! on motivoinut Jumalan poikaa.

"Olen niin epäuskoinen. Mutta jos sanot niin, yritän. Pyydän meiltä kaikilta menestyksekästä lopputulosta. Anna jokaisen teistä toteutua elämän tärkeimmillä aloilla. (Belinha)

"Myönnän sen! " Ukkonen syvä ääni keskellä huonetta".

Molemmat huorat ovat hypänneet maahan. Samaan aikaan muut nauroivat ja itkivät molempien reaktiota. Tämä tosiasia oli ollut enemmän kohtalon teko. Mikä yllätys! Kukaan ei olisi voinut ennustaa, mitä vuoren huipulla tapahtui. Koska kuuluisa intiaani oli kuollut tapahtumapaikalla, todellisuuden tunne oli jättänyt tilaa yliluonnolliselle, mysteerille ja epätavalliselle.

"Mitä se ukkonen oli? Tärisen toistaiseksi. (Amelinha)

"Kuulin, mitä ääni sanoi. Hän vahvisti toiveeni. Näenkö unta? (Belinha)

"Ihmeitä tapahtuu! Ajan myötä tiedät tarkalleen, mitä tarkoittaa sanoa tämä. "Nauti mestarista".

"Minä uskon vuoreen, ja sinunkin täytyy uskoa. Hänen ihmeensä kautta pysyn täällä vakuuttuneena ja turvassa päätöksistäni. Jos epäonnistumme kerran, voimme aloittaa alusta. Elossa olevilla on aina toivoa. "Vakuutti selvänäkijän shamaanille, joka näytti signaalia katolla".

"Valo. Mitä tuo tarkoittaa? kyynelissä, Belinha.

"Hän on niin kaunis, kirkas ja puhuva. (Amelinha)

"Se on ikuisen ystävyytemme valo. Vaikka hän katoaa fyysisesti, hän pysyy ehjänä sydämissämme. (Huoltaja)

"Olemme kaikki kevyitä, vaikkakin erottuvilla tavoilla. Kohtalomme on onnellisuus - vahvistaa selvänäkijä.

Tässä kohtaa Renato astuu kuvaan ja tekee ehdotuksen.

"Meidän on aika mennä ulos ja löytää ystäviä. Hauskanpidon aika on tullut.

"Odotan sitä innolla. (Belinha)

"Mitä me odotamme? On aika. (Amelinha)

Kvartetti lähtee metsään. Askelten tahti on nopea, mikä paljastaa hahmojen sisäisen ahdistuksen. Mimoso maaseutuympäristö vaikutti luonnon spektaakkeliin. Mitä haasteita kohtaisit? Olisivatko kovat eläimet vaarallisia? Vuoristomyytit saattoivat hyökätä milloin tahansa, mikä oli varsin vaarallista. Mutta rohkeus oli ominaisuus, jota kaikki siellä kantoivat mukanaan. Mikään ei pysäyttäisi heidän onneaan.

Aika on tullut. Omaisuustiimissä oli musta mies, Renato, ja vaaleahiuksinen henkilö. Passiivisessa joukkueessa olivat Divine, Belinha ja Amelia. Joukkue muodostui; Hauskuus alkaa harmaan vihreän keskellä maalaismetsistä.

Musta kaveri treffaa Jumalaa. Renato seurustelee Amelinha kanssa ja blondi Belinha kanssa. Ryhmäseksi alkaa kuuden

PERVERSSI SISARET

ihmisen välisestä energianvaihdosta. Ne olivat kaikki kaikille yhdelle. Seksin ja nautinnon jano oli kaikille yhteinen. Vaihtelemalla asentoja, jokainen kokee ainutlaatuisia tuntemuksia. He kokeilevat anaaliseksiä, emättimen seksiä, suuseksiä, ryhmäseksiä muiden seksimuotojen joukossa. Se todistaa, että rakkaus ei ole syntiä. Se on ihmisen evoluution perusenergian kauppaa. Ilman syyllisyyden tunteita he vaihtavat nopeasti kumppanin, joka tarjoaa useita orgasmeja. Se on sekoitus ekstaasia, johon ryhmä osallistuu. He viettävät tuntikausia seksiä, kunnes he ovat väsyneitä.

Kun kaikki on valmis, he palaavat alkuperäisiin asemiinsa. Vuorella oli vielä paljon löydettävää.

Loppu

www.ingramcontent.com/pod-product-compliance
Lightning Source LLC
LaVergne TN
LVHW020435080526
838202LV00055B/5205